MINHAS HISTÓRIAS INVENTADAS E FELIZES

Coordenação editorial: *Eduardo Viegas Meirelles Villela*
Revisão de língua portuguesa: *Maria Heloisa Melo de Moraes*
Ilustrações de miolo e capa: *João Carlos Pougy*
Diagramação e projeto gráfico de miolo: *Marcelo da Paz*
Arte de capa: *Marcelo da Paz*

Dados Internacionais de Catalogação na Publicação (CIP)
Bibliotecária Juliana Farias Motta CRB7/5880

B224m Baraldi, Victor

Minhas histórias inventadas e felizes / Victor Baraldi. -- 1.ed. – São Paulo(SP): EV Publicações, 2024.

146 p.; 17 cm x 24 cm

ISBN: 978-65-87369-27-3

1.Ficção brasileira. I. Título

CDD B869.3

Índice para catálogo sistemático:

1. Ficção brasileira

Caso queira adquirir lotes de exemplares deste livro, favor entrar em contato via e-mail: eduardo@eduvillela.com . Ou pelo WhatsApp: (11)96851-1515.

Atendimento ao cliente: utilize, por gentileza, os mesmos contatos acima.

VICTOR BARALDI

MINHAS HISTÓRIAS INVENTADAS E FELIZES

EV
PUBLICAÇÕES

AGRADECIMENTOS

Agradecemos às equipes das escolas Ponto de Partida, Nova Escola Pezinho de Feijão, Escola Carandá e ao incrível Colégio Paulicéia; nunca esqueceremos vocês.

À fantástica equipe do Grupo Método Intervenção Comportamental.

À equipe da Escola e Companhia Circo Dança Suzi Bianchi.

Aos médicos especialistas José Salomão Schwartzman, Vítor Marçal Saad e Rosa Magaly de Morais.

À fonoaudióloga Nilcea Piacenti.

Ao professor de música Daniel e às professoras de patinação Mariana e Flávia.

Aos acompanhantes terapêuticos Henrique Costa Val, Lucas Pravato e João Carlos Pougy.

Ao massoterapeuta Nilson Flores, que foi fundamental no período de pandemia.

À querida Sônia (Maria da Cruz) que acompanha nosso Victor desde bebê até os dias atuais.

A toda a família Baraldi, à família Weyne, à família Guimarães, aos amigos do Ipê Clube e a todos que de alguma forma fazem parte da história de evolução do Victor ao longo destes anos.

NOTA DO EDITOR

Querido leitor(a),

Para sermos completamente fiéis ao estilo de linguagem do autor e preservamos o conteúdo das histórias exatamente da forma como foram criadas por ele, optamos por não realizar revisões de texto nelas. Portanto, as 31 histórias que você lerá nesta obra refletem a originalidade do universo imaginativo de Victor Baraldi.

PREFÁCIO

Esse ano foi muito especial. Ver meu irmão e meu pai trabalhando juntos, pessoas que amo profundamente, me trouxe imensa alegria e orgulho. Eu queria expressar o quanto estou emocionada e feliz por eles, principalmente pelo meu irmão Vitinho, por essa conquista extraordinária: a finalização do seu livro! Palavras não podem descrever o quão maravilhoso é ver você superar inúmeras dificuldades e alcançar esse feito magnífico.

Desde o início da jornada como escritor, você enfrentou desafios únicos, principalmente por sua dificuldade na escrita. Acho que muitos duvidaram; mas com a ajuda do nosso pai tudo se tornou possível, a força e determinação dele sempre foram admiráveis. Lembro-me dos momentos em que estavam muito cansados, mas sempre mantinham esse momento de produção, nunca desistindo do sonho de compartilhar as suas histórias com o mundo. Cada palavra escrita foi um passo importante rumo ao sucesso, e espero que, a partir disso, vocês possam colher os frutos desse árduo trabalho.

Vitinho, em meio a essas dificuldades, o autismo nunca o parou. Você provou sua coragem, perseverança e uma capacidade única de enxergar além das limitações impostas. Sua mente, repleta de imaginação e criatividade, encontrou um caminho brilhante para expressar suas ideias e emoções, inspirando a todos ao seu redor, porque você é a luz da imaginação e deve continuar brilhando! Sua visão do mundo é genuína e cativante, e por meio das páginas do seu livro, tenho certeza de que muitos corações serão tocados e transformados por suas invenções e histórias de amor.

Beatriz Baraldi é irmã e grande fã do autor.

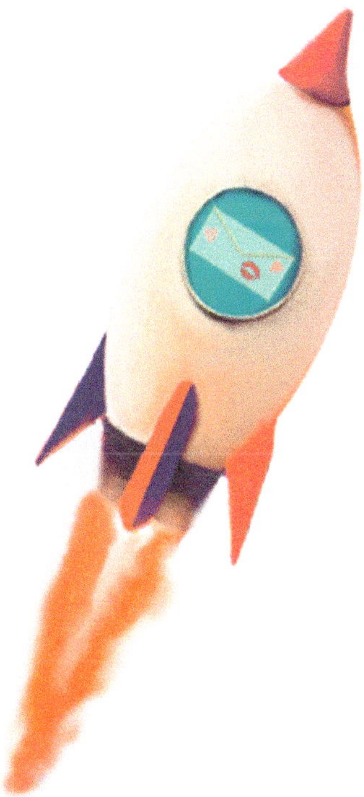

SUMÁRIO

INTRODUÇÃO

Olá, eu sou o Victor! Me chamo assim porque papai disse que eu fui uma vitória. Até este dia ele achava que não podia ter filhos.

Eu já nasci especial, então não sei o que é uma vida diferente. Meu pai me conta que eu recebi uma avaliação médica com nota média na maternidade e ele não entendia o que isso significava.

Desde cedo meus pais notavam coisas diferentes em mim, mais minha mãe, porque meu pai não queria muito entender o que eu tinha. Foi com pouco mais de 3 anos de idade que começaram os muitos, muitos exames, tudo para tentar descobrir o que eu tinha.

Meus pais ficaram assustados, mas eu acho que, ao mesmo tempo, tudo isso os uniu. Investiram bastante, eu nem consigo contar quantos médicos eu fui, fora as alternativas menos convencionais e as religiosas.

Papai resolveu trabalhar por conta, montou um negócio próprio, disse que não conseguiria o dinheiro para o tratamento que eu precisava sendo funcionário de alguma empresa. Já mamãe é psicóloga e decidiu se especializar em distúrbios infantis. Hoje ela é uma grande especialista. Os dois fizeram isso para me ajudar.

Aos meus sete anos de idade concluíram que existia 80% de chances de eu ser autista e também me diagnosticaram com TDAH (Transtorno de Déficit de Atenção com Hiperatividade). Iniciou-se uma nova fase difícil para eles e para mim, pois experimentavam diversos remédios fortes. Alguns me deixavam parecendo um zumbi lerdo, outros tiravam totalmente minha fome e alguns poucos me deixavam agressivo. Foi uma fase tensa.

Meus pais tentaram me colocar para estudar em escolas que tinham programas de inclusão para crianças especiais, mas isso deu muito errado. Por onde passei não aprendi quase nada, tive problemas com as professoras e mordi alguns coleguinhas. Vencidos, finalmente decidiram investir em uma escola especializada em crianças especiais e depois disso minha vida melhorou um pouco.

Neste período nasceu minha irmãzinha, de quem eu gosto muito e sempre quero protegê-la. A vida dela não foi fácil no começo, porque as amiguinhas dela não me entendiam e os pais das amiguinhas delas tinham medo de mim. Conclusão: os pais não deixavam as amigas delas irem em minha casa.

Meu pai e minha mãe trabalharam muito, se esforçaram muito, investiram bastante em mim. Outra coisa legal é que eles nunca deixaram de fazer nada por minha causa. Viajei para diversos países, para vários lugares no Brasil, aprendi a gostar de viajar com eles. Eu também amo quando eles me levam para fazer refeições fora de casa. Eles me ensinaram a comer de tudo e a única coisa que eu não gosto de comer são ervilhas.

Eu tenho uma babá desde sempre, a Sônia, ela me acompanha desde o meu nascimento até hoje. Olha que já mordi ela várias vezes, mas eu sinto que ela gosta de mim. Hoje tenho vinte e um anos de idade e ela ainda me ajuda a tomar banho como fazia desde quando eu era pequeno.

Eu estudo em uma clínica terapêutica especializada em TEA (Transtorno do Espectro Autista) que me ajuda muito, principalmente com meu comportamento e com pequenas coisas do dia a dia. Eu gosto de ir para esta clínica e, quando possível, meus pais contratam algum acompanhante terapêutico para passear comigo aos finais de semana.

Além desta escola, eu pratico equoterapia (terapia com equinos) e faço aulas de música (teclado). Ainda faço aulas de patinação e até participei de um espetáculo no clube. Gosto de basquete e um pouquinho de tênis (que os meus pais adoram jogar juntos). Já fiz até aulas de circo! É claro que eu faço tudo isso com minhas limitações.

Minha mãe fez de tudo para que eu conseguisse ler e escrever, eu até consigo um pouco, mas não sou capaz de ler e nem escrever este livro. Foi meu pai que me ajudou, ouvindo minhas histórias e músicas inventadas e teclando no computador dele.

Meu pai fala que eu sou o autista mais legal que ele conhece e a mamãe é a melhor terapeuta que um autista pode ter neste mundo. Eles acham que eu sou feliz e eu concordo, pois mesmo com tantos desafios eu continuo melhorando um pouco a cada dia.

Meu pai diz que aprende muito comigo. Que ele, como empresário, quando investe 100, espera pelo menos um resultado de 120 ou melhor, se for mais. Porém, no meu caso ele investe 100 e quando tem um resultado de 10, ele fica muito feliz.

Minhas conquistas são marcadas no tempo. Nos últimos anos estou reagindo melhor aos remédios e meu comportamento melhorou. Já faz uns 7 anos que eu não mordo mais ninguém e já faz uns 5 anos que eu não mordo a mim mesmo.

Ainda não tenho muitos amigos, porque tenho dificuldades de conversar ou fazer coisas juntos, pois para mim parece que o mundo é só meu. Neste último ano consegui uma conquista maravilhosa, descolei uma namorada. Inclusive, muitos textos deste livro nasceram das minhas histórias imaginárias com ela.

Eu todo dia pergunto para o meu pai se eu vou ganhar muito dinheiro com este livro, pois eu quero morar com minha namorada um dia. Ele responde que se eu não ganhar com este é para continuar tentando, continuar escrevendo, pois somente com muita vontade conquistamos o que queremos.

Eu quero que todas as crianças de orfanato sejam mais felizes, por isso escrevi histórias inventadas por mim sobre como seria o orfanato dos sonhos.

Victor Baraldi, outubro de 2023.

O DINHEIRO EM MÃOS DE CRIANÇA

PARTE 1

Era uma vez uma menina que morava com a mãe e o menino também. Eles foram abandonados pela mãe, ela foi embora. Por causa disso eles foram morar dentro de um orfanato gigante!

Lá é um lugar cheio de brinquedos, com mais de 40 bonecas e 40 carrinhos. A lanchonete tem um cozinheiro bonzinho e está cheio de patinetes da empresa Moby. Lá tem um monte de quartos de meninas e meninos separados. Um quarto tem um rapaz que toca violino para acordar os cachorros que vão acordar as crianças. Os cachorros acordam as crianças lambendo os seus rostos.

Tem uma cozinha em que várias cozinheiras trabalham. Tem uma sala de jogos bem grande com 80 video-games para os mais adolescentes.

Lá tem um berçario de bebês, atrás dos patinetes tem um monte de máquinas que fazem brigadeiros entre outras coisas. Tem uma sala de TV, outra sala que faz exposições cada dia de uma coisa diferente.

Do outro lado é uma academia cheia de aparelhos com desafios para brincar.

Aí temos um ônibus bem grandão para levar as crianças até o shopping. Só os adolescentes ficam livres para descer onde quiserem, as crianças ficam e andam com terapeutas. Este ônibus também leva para a escola.

Tem um lugar muito legal do lado da cozinha, onde faz biscoito, bolo e tem aula de culinária. Do outro lado ainda tem um salão de beleza, uma barbearia e um spa. Na parte da frente tem um tanque de areia, tem brinquedos como balanço e escorrega. Tem também duas fontes pessoas (estátuas de pessoas que jorram água), onde podemos recarregas nossas arminhas de água.

Duas meninas estavam neste orfanato brincando de boneca e de carrinho, quando chegaram dois meninos para brincar também. Aí veio um barulho estranho, parecia um alarme apitando, avisando que tinha acabado o queijo da pizza. Aí veio uma mulher adulta e falou para as quatro crianças: — está na hora de acordar e ir para a escola!

A MESMA HISTÓRIA

Estamos falando do mesmo orfanato. As crianças estavam indo para a perua com destino para a escola. Chegando na escola, o professor estava lá e deixou cair um monte de lápis no chão.

As meninas estavam com a bonecas e os carrinhos e aí viram que os adolescentes estavam jogando video-game. Meninos e meninas estavam jogando. Veio o chefe do orfanato e reclamou: — Está na hora de ir para a escola. Mas as crianças falaram: — Calma! Já está quase acabando.

A menina lembrou que a mãe dela ficou tomando muita bebida alcoolica e por isso ela preferiu ir para o orfanato.

Todos finalmente foram para a escola. As crianças estavam cantando para aprender as vogais, era bem gostoso de ouvir.

Cantavam músicas para fazer brigadeiro, colocando os ingredientes, tinham robôs também, iam pegar farinha. Quando ficou pronto, apareceu um monte de gente querendo comprar porque estava tudo muito barato.

Instalaram depois uma máquina nova de fazer sorvete. Quando chegou veio um monte de amiguinhos, meninos e meninas, comprar sorvete porque era novidade. Os cozinheiros viram isso e trouxeram também uma máquina de fazer pipoca. Colocaram coisas doces para ficar parecido com bala.

SORVETE
MISTO
CREME

A faxineira foi limpar os brinquedos e os livros bem cuidados, todos inteiros, sem página rasgada, na brinquedoteca.

Tinha um livro especial, era o livro inteligente da Oregon Cientific, um livro que ensinava crianças autistas a ler e escrever. Infelizmente o livro não fabrica mais, ficou no passado, mas ainda é útil para quem sabe tocar violino ou para quem sabe operar a máquina de fazer sorvete.

A fila anda rápido, pode pegar, o sorvete não pode esperar se não vai derreter.

A MESMA ANTERIOR

Ainda falando do orfanato. A faxineira estava limpando a cozinha e cantava uma música: focinho assim é só limpar...

Aí ela olhou para a janela da academia e tinha 60 crianças numa fala da máquina que vende brigadeiro. Os adolescentes que estudam de manhã estavam brincando com os cachorros e eles estavam dando comida também para os cachorros.

A parte mais legal é que uma criança autista perguntou se podia pegar um lanche na lanchonete. Ele tinha ido bem nas provas de matemática e tinha ganhado 10 pontos.

As crianças ganhavam dinheiro se iam bem nas provas. Uma das perguntas era se o metrô tinha pneu outras perguntas eram sobre o que tinha pneu para andar na pista.

As crianças depois da prova cantavam uma música: — Este tem pneu, outro não tem pneu, o helicóptero só voa e o avião tem pneu... é só estudar o ABC.

Outra música, esta da sala dos grandes: O produto químico faz espuma, é uma coisa legal. O combustível é que alimenta o avião, a natureza é que alimenta a fazenda. A energia que funciona daqui é a mesma que sentimos com o leite da vaca...

O sinal tocou e todas as crianças foram correndo para o intervalo. Chegando lá, tinha uma fila enorme para pegar a raquete e várias quadras de tenis. Eles jogavam com um aplicativo de carregar raquetes, usavam uma vez, devolvia e pegava outra. Eram alugadas. Quando tinha um X não podia mais entrar no jogo, se tivesse verde podia.

Nesta hora cantavam outra música: Tem que esperar o alarme apitar para jogar o jogo, estamos aqui a fim de jogar o tempo todo...

Voltando para o orfanato, as crianças também jogavam vídeo game no horário do recreio. Outras jogavam pebolim, tinha uma fila enorme de interessados para jogar.

Então o horário do recreio termina, o outro alarme apitou e os meninos falavam parabéns por terem esperado direitinho, amanhã podemos jogar mais, a aula voltou.

Na aula de matemática o professor ensinava quanto é 8 + 1, quem responder 18 ganhava parabéns do professor.

A escola fica umas 4 ruas do orfanato, não é longe e também não é perto. Eram as cozinheiras que lembravam as crianças que era hora de ir para a escola. Elas cozinhavam feijão, arroz e espinafre. Tinha carne de boi.

No final do dia as crianças estavam fazendo atividades sobre quais coisas tem nas cidades. Apareceram um casal autista, um menino e uma menina, e aí ela queria comer na cantina, mas só se ele fosse bem na prova.

Ela estava preocupada com isso e o menino autista falou: Calma, você vai ganhar, é só ter paciência. Ela teve paciência e eles ficaram feliz na cantina.

MAIS COISAS DO ORFANATO

Estava na escola fazendo atividades, as crianças estavam cantando uma música assim: — este animal é selvagem e esse outro é silvestre, o cachorro come ração diferente do tubarão...

Apareceu dois autistas, um menino e uma menina. A menina ficou alugando o menino autista que queria o lanche na cantina da escola. Aí ela estava em crise e não conseguia falar direito. Ele escreveu um dever de casa escondido para ela ganhar os pontos para ir para a cantina, ele disse que foi ela que escreveu.

A menina ganhou 8 parabéns, nota 5, depois o sinal tocou porque estava na hora de embora. Os dois começaram a cantar uma música que dizia: — você é minha querida, minha paixão, você é minha princesa e eu sou seu super herói...

As crianças que estavam lá foram até o canil dos cachorros e abriram a porta. Tinha um monte de cachorros soltos pelo orfanato agora. Aí os adolescentes, viram tudo, e tinha um casal também de autistas. Uma menina de 18 anos e o menino de 21 anos, ambos estavam cuidando de uma boneca bebê.

Na hora da conta de matemática o casal autista tinha dificuldade, não sabiam fazer de cabeça. Aí apareceu uma diretora e falou assim: — vão

para fora da sala, vão respirar os dois. Então eles foram alugar uma raquete de tênis para jogar na quadra. Eles jogaram na quadra que estava vazia, o ônibus chegou, a prova acabou e chegou um carro para levar de volta para o orfanato o casal autista.

Chegando lá estava na hora de comer, apareceu um cara oferecendo panquecas, muita gente comendo e a menina autista dando comida para a boneca dela. Veio a diretora que foi na brinquedoteca e percebeu que a menina dormiu no colo dele. Ele ficou acordado conversando com a boneca dela, falando sobre a gente passeando e ia comprar uns churros.

Ela acordou sozinha e todos foram para a cama dormir no lugar certo. As crianças estavam sonhando com uma sereia e as contas de matemática. Sonhavam que estavam voando, olhando um lago cheio de sereios e sereias. Era um sonho que parecia uma música.

AS CRIANÇAS SONHANDO

Aí o autista acordou no meio da madrugada, foi ao banheiro e olhou lá no quarto dos meninos. Os cachorros já estavam na porta do orfanato esperando a hora de acordar.

O autista dormiu de novo esperando o sono chegar, sonhando com a namorada dele. Ela estava indo visitar ele no orfanato.

O dia amanheceu e ele acordou primeiro que todo mundo. Apareceram 4 meninos que acordaram cedo, ele perguntou por que não continuavam dormindo. Eles responderam que precisavam estudar para a prova de matemática.

A diretora ia passando em sala e sala, a hora ia passando, dois meninos acordaram atrasados e avisaram ao Alexa para liberar geral. Isso queria dizer que todos os cachorros e passarinhos podiam invadir os quartos para acordar todos.

O autista foi onde ficava as camas dos cachorros, comentou espantado: Olha quantos cachorros. A namorada dele apareceu no meio do nada para dar comida aos cachorros.

Ele foi brincar com cachorros e começou a cantar: — você é minha namorada, minha namorada, bate-bate coração, você é mocinha e eu sou moço. Você gosta de estudar comigo por isso eu gosto de você...

Depois eles foram para o sítio dela, tinha café, tinha cavalo e tinha um parquinho. Duas crianças faziam carinho nos cachorros. Tinha uma casa na árvore com uma varanda gostosa de ficar olhando para nada.

Aí a criança começou a cantar uma outra música: — Vamos para a escola, vamos estudar sobre os animais, os elefantes são bonzinhos e o lobo é mau, as girafas são boazinhas e o tubarão é mau...

Os cozinheiros estavam colocando coisas para vender na geladeira porque precisavam ganhar dinheiro. Tinha uma fila enorme de interessados em comprar. Aí uma mulher estava fazendo maquiagem no salão de beleza do lado da barbearia. Veio o cozinheiro chamar as crianças para tomar café. Tinha pão de queijo, sucrilhos com leite, pão normal e tapioca.

Eles voltaram até a escola, chegando lá o casal autista entrou na sala errada, eles eram grandes e entraram na sala dos pequenos. O rapaz ficou entregando flores para as crianças e o professor reclamou que estava atrapalhando a aula. Então ele cantou assim: — está atrapalhando e é para sair da sala, adeus lápis, você precisa de uma escola especial que tenha terapia...

Aí eles saíram da sala, o casal autista, aí as meninas estavam numa sala tentando estudar e a namorada dele dormiu na mesa da professora. O rapaz ficou acordado, para variar.

Aí ele ficou segurando a boneca dela enquanto ela dormia. Perguntaram de quem era a boneca e ele respondeu: — é minha filha. A professora a acordou e pediu para ela ir dormir no terraço. Ela acordou bem zangada porque estava sonhando que o namorado dela estava quebrando as bonecas. Mas ela viu depois que as bonecas estavam inteiras.

Ela foi dormir novamente e ele ficou tomando conta dela na sala de almofadas. A professora voltou a dar aulas e explicava o cabo do elevador e o manche do helicóptero. Depois começou um ditado que escrevia de tudo.

O DINHEIRO EM MÃOS DE CRIANÇA

PARTE 2

Aí as crianças estudando o ABC, de repente o autista que tinha saído voltou para a sala de aula e perguntou: posso comprar lanche na cantina? A escola chamou um acompanhante técnico especialista em autistas e foi com o casal para uma sala de almofadas perto da cantina.

As outras crianças combinavam de passear com o cachorro no final de semana. Aí uma criança acordou com o sinal e reclamou: eu quero descansar, eu estava estudando até agora.

Uma mulher que trabalhava na cantina inventou um cartão que dava para quem merecia e ganhava um lanche na cantina. A menina não conseguiu, ficou triste, mas o menino conseguiu e dividiu com ela.

Ele cantou uma música para a namorada enquanto comiam o lanche: — você é minha querida namorada, eu sou seu super-herói e você minha princesa. Eu gosto de brincar com bonecas e você também brinca de carrinho comigo. Eu não gosto de estudar e você não precisa estudar.

As pessoas que estavam ouvindo gostaram da música. O pessoal do orfanato estava contando o dinheiro e viram que tinha bastante. A faxineira estava dando comida para o cachorro. A diretora mandou contar para saber quanto dinheiro tinham. Ela ofereceu sorvete para todos,

porque ficou feliz com tanto dinheiro. Depois pegou parte do dinheiro e colocou na carteira das crianças.

Eram várias garrafas de dinheiro, tinha perto da área onde ficavam os doces. Olhou lá a máquina de fazer sorvete, estava funcionando bem. Várias pessoas olhavam aquilo sem entender, de onde vinha tanto dinheiro.

A professora estava examinando se a porta do canil funcionava direito, pois os cachorros eram os despertadores das crianças pela manhã bem cedo.

Além de namorados, os autistas são muito amigos. Eles estavam brincando de dinossauro e de casinha, o acompanhante terapêutico acompanhava de longe.

Num último momento, uma criança autista amiga do casal autista saiu da sala para ir jogar tênis. Passou pela biblioteca. Depois a criança voltou para a escola cantando uma música assim: — você está na hora de embora, foi legal te conhecer. Tá na hora, pega o patinete, é legal, tchau minha filha que é a boneca da menina.

Depois do lanche voltaram para a sala de aula, todos foram passear quando eles chegaram.

ORFANATO FAZENDA

As crianças estavam com os monitores comendo fora, aí uma monitora falou: hora de voltar para o orfanato, hoje vamos sair.

Todos se levantaram e começaram a letra de uma música: — você é minha filha, você está brincando de nave espacial na cama de casal do dono do orfanato. Aí a menina estava lá e perguntou: quem quer tirar leite da vaca?

Logo já tinham 8 meninas tomando leite. A cena parecia com uma que eu já tinha visto na internet. Aí o menino autista inventou uma máquina de fazer leite, que ficava ao lado das vacas, e era permitido olhar para ela quando as vacas paravam.

Este menino inventou também uma música: tem que esperar a máquina terminar de funcionar para poder ir ver as meninas. A monitora ouviu a música e falou, só podem vir brincar depois que a máquina de leite parar de funcionar. Quando parou, os meninos e meninas foram brincar de fazer maquiagem além de carrinho e boneca.

O menino pediu para o Alexa inventar motores que reproduzem programas de TV. Também queria um Alexa com modo autista, modo criança pequena e modo irmã carinhosa.

Um dia estava chovendo granizo, dentro do metrô tinha dois autistas esperando passar a água quando o segurança perguntou: onde está o seu robô que ajuda a descer na estação certa? Aí o autista cantou: Já pode encarar o granizo que eu não sei como errar. Tik tok é uma diversão, menos gostosa só que churros!

O robô limpava você, secava, ficava tudo limpinho antes de entrar no orfanato da fazenda. Secava sem precisar colocar moeda. Era um ótimo equipamento de segurança para andar de trem.

No caminho para o orfanato tinha uma lavanderia de ursinho de pelúcia. Era a mais famosa da cidade. Lá de cima da montanha dava para ver um monte de carros, de gente, os autistas que não falavam e conversavam através de figuras, além da lavanderia.

Também dava para se ver o orfanato, o spa barbearia e o salão de beleza gigante. Tinha um salão de festas de princesas e super-heróis. Tinha um shopping com 8 andares e 54 lojas especiais para crianças excepcionais.

A menina dormia e o menino tentava entrar no sonho dela. Ele cantou uma música romântica: Uma planta para ajudar a menina entender que eu gosto dela. A felicidade da planta passa de mão para mão. Quem gosta de cavalo é porque tem bom coração.

Ele a acordou com um beijinho. Ela ficou de boa quando chegaram num lugar dentro de um cinema que você pode escolher o filme por cadeira. Cada um assiste o filme que quiser, inclusive YouTube.

A SEGUNDA PARTE DESTA DAÍ

Ele estava lá brincando de boneca e carrinho quando a menina contou uma fofoca: — quem está namorando com quem? Falou isso na frente do menino. Aí ele olhou dentro de uma sala que era das profissões, tinha engenharia, medicina... e cantou uma música: Tem que perder para pilotar, cuidado com o trem de pouso.

Eles resolveram andar a cavalo. Tinha um cavalo bonzinho que pediu carinho para ele. A menina pediu para tirar um cochilo enquanto ele se divertia com os animais. Depois ele ficou um tempão esperando-a dormindo na rede, ele a colocou no colo dele para acordar.

Assim ela acordou. Ela concordou em ir andar a cavalo também. Estavam cavalgando, o cavalo pegou com a boca uma boneca que havia caído da mão da menina. Aí ela parou de andar a cavalo para ficar apreciando o porco, o bezerro, o burro da fazenda orfanato.

Eles voltaram cada um para o seu quarto, para se arrumar, pois iam passear mais tarde de ônibus. Quando saíram, chegaram no shopping com um monte de monitoras. Muitas crianças estavam dormindo no ônibus.

A menina e o super-herói, ela bonita e ele bonito, ficam passeando o dia todo, isso deixa a gente sempre feliz. Assim cantou a monitora quando avistou o casal de autistas.

Aí eles desceram do ônibus, foram passear no shopping com os monitores e os adolescentes. Aí foram na loja que vendem brinquedos, os monitores davam dinheiro e eles compravam brinquedos de quarenta reais.

Os adolescentes queriam ir para outro shopping, reclamaram com os monitores. Neste novo local tinha um monte de patinetes com pneus grandes para andar nas calçadas e não cair nos buracos da rua. Via aplicativo de celular liberaram os patinetes e foram para outro shopping.

A menina autista, preocupada, falou: coloca o capacete. Aí eles cantaram uma música: você é a minha amiga, minha sereia e eu sou o seu sereio. Você está passeando de patinetes, passeando pela calçada, tem que levantar a mão e olhar para os dois lados para atravessar a rua.

Também quiseram alugar um quadriciclo, assim os dois podiam ficar juntos mais confortavelmente. Aí ela tinha que cruzar a rua e levantava a mão. Ela avistou um monte de patinetes perto da entrada do metrô, pareciam estar todos ligados numa tomada.

O pneu passou em algum que esvaziou, eles tiveram que parar para trocar o pneu. Ele abaixou um quadrado que ajudava a trocar pneu de patinete e bicicleta. O pneu do patinete, pegou o macaco, trocou o pneu rapidinho com a ajuda de um robô e foi facinho.

Eles foram almoçar no restaurante japonês dentro do shopping. Terminaram, pegaram o ônibus para voltar para o orfanato. Do lado tinha uma loja onde vendia coisas para ganhar dinheiro.

A menina falou que estava tentando dormir, fechando os olhos e esperando o sono chegar. O menino dormiu, sonhando que via um monte de cachorros na fazenda dele e que ela aparecia voando, perto das vacas.

Aí ele, no sonho, cantou uma música: Você está dormindo? Cadê você? Estou sonhando contigo e quero te ver! No meu sonho está tudo voando, as ameixas e os sofás, tudo esperando por você.

ELE ACORDOU NO ORFANATO

E estava todo mundo dormindo, ele ficou mexendo no celular, a dona do orfanato abriu a lojinha, os funcionários chegaram e o segurança soltou os cachorros para acordar as crianças. Soltaram as galinhas também.

Todo mundo acordou sorrindo, uma bagunça legal. E aí um adolescente que ainda estava dormindo, junto com a namorada dele, viu que ela piscou o olho e deu um beijo nela.

Os cachorros depois de acordarem as crianças foram com elas para o café, tinha bisnaguinha, tinha waffle especial e tinha tapioca. A dona do orfanato estava vendendo um monte de comida e de carregador de celular, estava uma fila enorme, tudo barato.

Aí ele resolveu ver umas meninas brincando de adoleta, veio duas meninas e perguntatam: você deixa eu brincar de adoleta? Ele respondeu: Eu deixo. Ele resolveu cantar uma música: Adoleta é a maquiagem derretida, é a tinta para pintar a barba e o cabelo.

Aí ele resolveu uma menina tirando leite e perguntou como faz. Ela respondeu: Vai ver na internet!

As adolescentes estavam conversando e comentando que hoje tem escola. Ela olhou lá no canil do cachorro, que era grande, e falou: Que legal, é gigante, é de verdade, tem galinhas, patos e cachorros, todos bem bonzinhos.

Perto do canil ficava o quarto para casais, era liberado aos adolescentes que já tinham namorada. Apareceu que ainda tinham dois casais dormindo e a dona do orfanato apertou o botão para soltar os cachorros.

Nessa hora a dona do orfanato cantou uma música: Cuidado para não fazer casas novas, deve cuidar das que já tem! É só fazer tudo com pregos, metal, furadeira, é assunto de engenharia.

Apareceu uns meninos que estavam conversando com a neta da dona. Eles falavam sobre maquiagem e barba, assunto de menina e menino. Apareceu um menino que acordou, passou na frente, viu um burro dando mamadeira para o filhote. O burro pediu carinho para o menino e ele gostou.

A OUTRA PARTE DA OUTRA

Ele estava lá no orfanato, estava a mulher tomando café, quando veio uma menina convidar: — Vamos nadar de sereia? Os meninos fizeram cara feia mas ela disse: vocês podem brincar se quiser...

Apareceu duas meninas e alguns meninos brincando com ferramenta e as panelinhas. Fizeram uma festa para comemorar os vinte anos do orfanato, aí cantou uma música: — Você dá beijo nas pessoas, tem uma menina fantasiada de princesa e um menino fantasiado de super herói. As crianças também querem um beijo...

Aí ele estava na sala de jogos, viu um jogo de salvar bebê. Era o jogo mais legal do orfanato. A menina falou assim: — você é muito querida, você que montou a casa para a gente, você tem um despertador que é só apertar um botão e sai um monte de cachorros.

Aí tinha um vendedor de gelo seco, vendia com água com gás, com limonada, as crianças faziam fila para comprar a bebida.

Na fazenda o burro brincou com a vaca. A nova música era: É só soltar a corda, quem trabalha o dia inteiro ganha dinheiro, é só cozinhar que alimenta as crianças, os monitores levam as crianças para passear.

A festa acabou, o dia escureceu, todas fizeram um brinde. Será que minha sogra gosta de mim?

O menino acordou antes dos cachorros forem soltos. Ele chamou os amigos para brincarem de "stop". Ele pegou a bicicleta de dois lugares do Itaú, estavam os dois adolescentes pedalando até o clube.

Eles avistaram no clube uma piscina enorme, convidativa para tomar banho com sua sereia. Apertando um botão, tudo ficava mais divertido para brincar.

A menina achava que só tinha a mesma espécie. Os meninos ficavam mais interessados, eles gostam de ficar apaixonado pela sereia. A sereia que pula de lá. O sereio também trabalhou com o ?

AS INVENÇÕES PARA O ORFANATO

A menina estava lá e resolveu brincar de ser policial. O revólver era de água, eles brincavam de pega-pega e para soltar era só contar uma piada engraçada.

Tinha uma secadora, parecida com de roupas, mas era enorme e as crianças apertavam o botão e se secavam para poder entrar e assistir televisão.

Aí a menina foi olhar o quarto de quem era casado dentro do orfanato. Tinha uma cabine e era onde ficava o cachorro despertador.

Ela abriu a sala de jogos e viu que estavam escrevendo histórias. Só os maiores podiam escrever as histórias.

Depois o menino e a menina foram brincar de casinha e de carrinho, mas resolveram andar a cavalo.

Tinha uma equipe com um quarto especial para as pessoas autistas. O quarto era equipado com as coisas da rotina e os mentores ficavam orientando o que era para fazer.

Aí, quando ele chegou na sala das profissões, viu com desejo a parte sobre os bombeiros. Veio na mente dele esta música: Tem que salvar quem está passando mal, tem que apagar incêndio, tem que tirar o gato de cima do telhado, tem que fazer massagem cardíaca.

SECADORA
ON

Neste momento a monitora chamou: Quem quer sair para comer? Vários foram de bicicleta, eram sempre dois, um monitor e um autista. Chegando lá com a bicicleta de 2 lugares, chamava a atenção porque tinha 3 rodas.

Aí veio uma nova música: — Porque me chamou para passear, porque você fez isso para gastar dinheiro, tem que combinar direito e antes de sair para comer tem que fazer atividade.

As crianças estavam comendo, no shopping, no restaurante. Uma das crianças estava com gases. O bombeiro colocou ela dentro de uma banheira com água quente. Ela ficou bem, voltou a passear.

AS CRIANÇAS VÃO PASSEAR

Os monitores levavam as crianças, deixavam onde elas quisessem. Elas cantavam uma música: — você é meu amigo, vamos trabalhar para ganhar dinheiro, precisamos trabalhar muito.

O helicóptero servia para levar as crianças de um orfanato para outro, ele tinha duas hélices e era seguro.

Este orfanato tinha muitos bichos domésticos, como coelhos, tartarugas. Do outro lado tinha uma fábrica de slime, que as crianças adoravam brincar. Elas visitavam a fábrica para aprender a fazer.

O orfanato tinha uma parte de ensinar as profissões. O autista preferido queria ser médico, que nem o da série de televisão "The Good Doctor". Ele cantava uma música assim: — é só cuidar de quem está caído no chão, precisa não ter medo de sangue e querer cuidar.

Apareceu umas meninas de 18 anos autistas, umas 4, e 5 meninos autistas. Eles estavam brincando de carrinho e boneca. Tinha uma boneca que era uma filhinha. A música para isso é: — é só cuidar do filho, autista adora cachorro...

Os monitores chegaram nesta hora para ajudar a atravessar a rua. Elas passeiam, se comunicam por aplicativo no celular, sabem fazer um monte de coisas mas têm medo de atravessar a rua. Tinha que olhar para a luz verde ou vermelha, mas elas se distraiam com o jardim que estava cheio de galinhas.

Aí ele, o menino autista, resolveu entrar na fábrica com a filha dela. Tinhas umas máquinas que imitavam onde vinha as comidas, os relógios. Todas as coisas são inventadas nesta fábrica.

Aí ele entrou numa área que tinha a polícia. Ele entendeu e fez esta música: — para enxergar a lei tem que treinar muito, é só saber quem prender e proteger a cidade.

Eles resolveram voltar de bicicleta da fábrica até o clube. O pneu furou em dois lugares, mas tinha um lugar que trocava a roda facinho. Era um lugar de especialistas em patinetes.

No clube, foram na piscina gigante, a piscina estava prepara para as crianças com cauda de sereia. Tinha uma música tocando que dizia: — quem está apaixonado levanta a mão, o amor está na idade de começar. A sereia era apaixonante, as pessoas nem tanto. Quem vê a sereia vê um pedaço do céu que é muito mais doce que o mel.

Eles usavam uma corda para as crianças que não sabiam nadar. Na piscina tinha um tatame para ninguém se machucar. Vários meninos e meninas apareceram para brincar de fazer teatrinho.

No final do dia eles todos voltaram para o orfanato, viram um monte de coelhos e já tinha umas corujas também. Eles chegaram e ganharam um monte de presentes, uma máquina de fazer sorvetes, por exemplo. Tinha vários presentes na caixa, era só dar os presentes que alegrava as pessoas, tanto mais novos como os mais velhos.

A música para acabar: — Trabalho o dia todo, apago o fogo, sou piloto de avião, faço qualquer coisa. Vou ficar aqui até todos ficarem felizes.

OS POBRES QUE VIRARAM RICOS

Era uma vez um garoto que estava conversando com uma menina e falou assim: — vamos dormir? Cada um vai para a sua cama. Ele estava no tablet, descansando, vendo YouTube, quando a mãe da menina chamou todos para escovar os dentes.

Aí estavam descansando, tentando dormir, pensando no mar. A irmã dele dormiu. Ele acordou para ir ao banheiro e perdeu o sono. Colocou uma musiquinha para relaxar e acabou sonhando que a amiga dele era uma sereia.

O dia amanheceu, ele viu a cortina fechada, ficou no tablet para não acordar ninguém. Vendo vídeo no YouTube quando ouviu uma voz que vinha de fora da casa. Era a funcionária conversando.

Ele estava na fazenda da namorada dele, onde adorava andar a cavalo. Ninguém gostava mais que ele. Depois uma nova voz desejou "bom dia". Ele sorriu e começou a contar um monte de histórias.

Ele olhou uma máquina de extrair o caldo de cana, ficou contente, pois teria alimento neste dia. Ele estava bem acordado, mas vários não se deram conta que o dia começou. Isso possibilitou ele de passear de carroça, os cavalos eram bem bonzinhos.

Aí ele na carroça cantou uma música: — O cavalo que está lá bem, está passeando, o fazendeiro que dá comida, quem gosta dela, quem dá comida, quem está apaixonado...

Eles foram parar num quiosque com trepa-trepa e várias outras crianças. Chegou lá, ele perguntou para todos: — quem quer ir à piscina? Aí as crianças menores colocavam o colete e quem sabe nadar não precisa. Lá, alguns meninos iam jogar futebol na piscina. Um autista falou assim: — não vai jogar bola, o nosso time já está completo. Com isso, ele foi brincar com as meninas na piscina.

O alarme do jogo apitou, tinha 8 meninas e 8 meninos. A monitora foi até no porão e viu um monte de brinquedos. Era um porão gigante com brinquedos bem novinhos, serão usados pela segunda vez, estavam bem cuidados.

Foi para um canto que estava cheio de boias de piscina, encontrou coisas para encher também. Ela pegou um inflável bem antigo que ainda funcionava e ligou no abaixo do trampolim para proteger a queda na piscina. E as crianças ficaram brincando até que a monitora falou: — quem está com fome?

Aí, o menino autista depois de comer foi descansar. Tinha um menino falando o tempo todo sozinho e uma amiguinha o chamou para brincar de boneca juntos. Eles ficaram lá e a amiguinha dormiu no colo dele, ele se levantou para dar uma volta e ela abriu os olhos. Ela acordou e imediatamente foi comer um brigadeiro.

Tudo acabou, eles voltaram para a piscina, já tinham feito a digestão. A piscina acabou, eles voltaram para a carroça e assim chegaram no orfanato. Chegaram na hora da televisão. Foram jantar, uma comida gostosa, tinha de tender, arroz escondidinho e muitos temakis. Depois foram dormir, as meninas dormiram num quarto e os meninos no outro, ambos os quartos cheios de barracas.

Pela manhã veio até vários tipos de coelhos, bem mansinhos, para acordar as crianças dentro das barracas de camping. O menino autista acordou primeiro e deu um beijo na menina autista para acordá-la antes dos coelhinhos.

Aí estava lá as crianças, foram tomar café e esperar uma van porque era dia de passear em casa. Tinha um botão que acionava um helicóptero com 4 hélices. Era parecido com um drone, eles iam nele para uma casa em formato de castelo.

Era um equipamento gigante, a música ficou assim: esta subindo e descendo, estamos brincando bem, é seguro porque tem muita hélice, dá até para brincar de boneca dentro dele.

Viram que um monte de coisas voava por causa do vento das hélices. Mas o menino autista não se importava e cantava feliz: Eu posso dirigir, porque você é meu amor.

O helicóptero posou no teto de um orfanato com 4 andares, tinha um heliponto no terraço. Lá eles conheceram um monte de crianças novas, muitas tristinhas, era orfanato legal, mas estavam tristes porque acabaram de ser abandonadas.

Tinha uma brinquedoteca com um monitor que fazia manutenção todos os dias. Se acabava a pilha, ele substituía a velha pela nova e cantava: já posso trocar, o que faz funcionar, eu faço isso todos os dias, já posso trocar a pilha.

Um menino apareceu e a menina ficou contente por ver ele. Ela e ele eram autistas e ficaram felizes quando apareceram 10 outras crianças autistas. O menino falou: — você vai ser feliz aqui, vai ser bem legal!

Destas 10, 4 não falam e as outras falam demais. Estas crianças estavam querendo fazer cupcake. E falou, vamos brincar na cama do dono do orfanato?

O dono era um senhorzinho, que tinha namorada e beijava na boca. O quarto era bem fechado e ele era um cara simpático assim como a companheira dele. Na sala dele tinha televisão. Em cima era um telão que ele usava para trabalhar olhando a televisão e as contas todos os dias.

Ele tinha 4 netos, duas meninas e dois meninos. Todos adoravam brincar no quarto dele, de aviãozinho, de cavalinho... Quando ele perguntou para o Alexa: Quanto tempo para fazer cupcake? Tocou uma música assim: É bem legal a cama do dono, mas o armário é todo fechado com cadeado.

Olhando pela sala havia uma casa de bonecas, foram até lá e viram que o alarme do Alexa disparou. Era hora de fazer cupcake.

OS DONOS DO ORFANATO

Era uma vez dois donos do orfanato que tinham uma neta e um neto. Os irmãos viviam num lugar para crianças de todas as idades. Na casa tinha quartos com beliche e todos tinham permissão para dormir onde quisessem.

O neto, que era autista, adorava a irmã dele. Ela tinha uma boneca que sempre deixava os meninos brincar. A noite as crianças dormiam e a casa tinha monitores. O menino gostava de visitar o vovô e quando tocava a campainha assustava as pessoas no orfanato.

Vieram visitar o vovô e a vovó, que era uma casa ao lado, duas crianças autistas. Aí as duas começaram a brincar, trouxeram uma caixa cheia de brinquedos usados, porém todos funcionando.

Nesta hora a vovó mandou liberar os coelhos para acordar as crianças do orfanato, para acordarem, para irem brincar com os netos. Ela configurou o Alexa para despertar com um cronometro de 4 minutos. Aí a menina autista, que era a namorada dele, dormiu de novo.

O orfanato deles é cheio de bichos de pelúcia. O menino autista deixou a namorada dormindo e foi apertar o botão que liberava os coelhos despertadores. A cena era engraçada, um monte de coelhos em cima da criançada.

A música que ele inventou para essa hora: — tá na hora de acordar pessoal, tem um monte de coelhos, tá na hora de acordar.

As crianças aos poucos iam para a cozinha e a vovó preparava o café da manhã para elas. Tinha tapioca e mais um monte de coisas gostosas. Os amigos do vovô moravam num condomínio que só tinha donos de orfanatos. Um condomínio fechado.

O ônibus que levava as crianças para passear era do condomínio. Geralmente iam passear na cidade com os monitores. As crianças eram donas de uma lanchonete que ficava na frente do condomínio e servia para ganhar dinheiro para as crianças comprarem o que quisessem.

Os netos dos donos de orfanatos ficavam na frente do ônibus junto com o motorista, estavam indo passear na fábrica de chocolates M&M. Lá tinha corante, uma máquina de moer cacau, e a máquina que misturava tudo para fazer o M&M. Tinha também uma máquina gigante para embalar o M&M.

Depois voltaram para ônibus e foram aproveitar o resto do passeio no shopping. Cada criança ficava livre com seu monitor passeando pelo shopping. A dona de uma padaria que tinha comida japonesa contratava as crianças especiais para trabalhar e ganhar dinheiro.

Todas as crianças tinham que comer sempre na praça de alimentação. O menino não queria temaki, neste dia queria comida italiana por causa do vovô que estava com ele. Passaram algumas crianças pobres vendendo panos e o autista ajudou.

As crianças ouviram o chamado: — tudo bem, hora de voltar para casa. Aí estava lá o menino e a menina que acabaram de chegar e foram muito bem-vindos porque o seu amor é infinito.

A cozinha é legal porque é fechada, especialmente para fazer cupcake. O casal pegava o ovo, farinha de trigo, cobertura de chantily, misturar tudo. É só pegar e depois pegar. Tem que colocar na máquina de fazer cupcake e depois esperar esfriar.

A música é assim: O cupcake tem florzinha, tem uma flor para conquistar o coração da família.

Apareceu uma monitora que dá banho em cachorro e em coelhos. Ele orientou para procurar na internet como se faz isso. Depois precisa ensinar ao Alexa. Assim começou a cantar: Você pode tomar vinho se trabalha todo dia, trabalha para conquistar dinheiro para a namorada ter terapia para os autistas. Esta música é para o sogro do menino.

Depois que terminaram o cupcake, deixaram lá esfriando e forma passear de patinete. Foi assim até a escola. Nesta escola é permitido ir ao cinema na hora do recreio. O menino pediu um filme bem pequeno, só 5 minutos.

A CENA NÃO ACABOU AINDA

Estava lá, a mulher apareceu no cinema para ver um filme pequeno de menina. As meninas foram para o cinema com suas bonecas. O filme acabou rápido e todas foram para a escola em seguida. A música era assim: — você tem que conhecer pessoas novas, coisas novas, porque as meninas precisam de ajuda para ganhar dinheiro. O fazendeiro planta café para isso, a sogra também tem uma organização para autistas.

A escola era muito legal, tinha aula sobre história. Antigamente tinha luta o tempo todo, as lutas de antigamente eram mais legais que as de hoje.

O menino foi no pátio da escola e três meninas autistas, uma de 14 anos, foram atrás dele. A namorada dele perguntou se a menina era aluna nova. A menina respondeu: — meu pai que deixou entrar, eu soube que aqui tem comida no intervalo das aulas.

Apareceu um menino aluno novo e quatro alunas novas, todos autistas com mania de fugir da sala para brincar de bonecas. A música foi: Seja muito bem-vindo aos alunos novos, vocês são legais e poderão comer fora a vontade. Meu pai trabalha muito para poder pagar isso aqui.

Aí elas ficaram brincando e provocando os meninos autistas quando apareceram umas crianças pobres que foram pedir brinquedos para eles.

Deram uma caixa com computadores usados, cabo de internet, mas tudo funcionava perfeitamente.

A menina resolveu tomar sorvete. Hora da música doida: — O sorvete ajuda a conquistar a menina, a menina tomava com cobertura, isso fazia um gostar dos outros que nem em propaganda de sorveteria. O leite que vem da vaca era usado para fazer o sorvete, que depois era usado para conquistar a menina.

Lá no orfanato, o dono estava tendo uma reunião com os monitores. Falavam assim: — A equipe 1 vende pastel, a equipe 2 vende sorvete e a última vende algodão doce. A música: Cada um trabalha na sua equipe para vender as coisas, depois todos vendem brigadeiro, é só trabalhar para ganhar dinheiro para ajudar o orfanato.

Tem oportunidade de vender churros também, é importante trabalhar para ganhar mais dinheiro. Tinha uma fila enorme, era só para pegar o chantili, eram quase 600 crianças comprando tudo bem barato.

A cada venda, 15 reais eram para ajudar o orfanato. Vende picolé, vende os churros, tudo bem gostoso, é só vender, nem precisa sair da escola.

MÚSICA DO QUE?

Ele estava vendendo um monte de brigadeiros e cantava assim: Ganhar dinheiro faz parte da vida, tem que vender churros para ganhar dinheiro, tem que vender brigadeiro também.

O menino dava uma barraca para ter onde dormir e uma fantasia para melhorar a possibilidade de vender as coisas para toda criança de rua pobre que ele encontrava pedindo dinheiro.

Lá no sítio a faxineira estava arrumando a cama, a beliche, quando veio um cavalo puxando uma carroça e olhou para o quarto. Todos os cuidadores de brinquedos apareceram para ver a carroça, se tinha brinquedos para consertar. Tinha 64 brinquedos precisando pilha, ou encher bolas ou consertar alguma coisa.

Aí ela olhou lá se as arminhas de água, o pó que mata xixi de rato no tanque de areia, conferia tudo para ficar seguro. Depois foi verificar como as crianças escovavam o dente. Ele pegava a bactéria da cárie e colocava no forno micro-ondas.

Os meninos e meninas brincando de boneca e casinha. As meninas eram autistas. Uma criança de rua apareceu e ganhou uma barraca com

a fantasia para trabalhar. Eles também deram um carrinho e outros brinquedos que estavam na mão.

A criança de rua cantou uma música para agradecer. Era assim: — vou trabalhar, sei que se eu escrever um livro posso ter a chance de ganhar dinheiro, mas o importante é fazer a minha parte.

Os monitores estavam vendendo material escolar e coisas para levar de lanche. Só coisa barata, frutas saudáveis, doce de banana, tudo fácil de comer e de levar. A música era: Fruta é saudável, churros não, chocolate amargo é saudável, venha comer para ficar bem.

Aí o menino autista emendou com outra música: Tem que vender perto da escola, tem que vender lá porque ganha dinheiro. Várias crianças vendiam lápis escolar, canetinha e também sorvete. O lápis é para aprender o ABC, isso é importante para crescer e ganhar dinheiro.

Tem uma menina lá que estava perto dos monitores do orfanato visitando e procurando meninas autistas que não falam e adoram brincar de carrinho. Tinha uma outra que falava igual uma matraca. Ela vinha de um outro orfanato que fechou e transferiram as crianças.

Você é muito bem-vinda, sem desculpas, queremos você aqui conosco e não mora mais longe. Contato só por whatsApp não é tão legal, vamos estudar juntos. O ABC é a planta que dá para os namorados.

Quantos quilos tem o amor de uma menina? Era a pergunta da aula de matemática que eles estudavam juntos. O amor tem 64 kg e é igual ao amor de um elefante. Aí ele cantava: O amor cabe tudo, princesa e super-herói, festa de 44 que é 8 mais que 5 na matemática da paixão.

Aí falou assim: tem nome parece uma almofada com uma surpresa presa na garganta. Seu nome é um pedaço de um castelo.

Quantos bichos namoram? O elefante é bonzinho, o leão é bravo e a girafa é boazinha. A professora apertou o sinal avisando que era a hora do recreio.

Ela cantou uma música: é bom tomar sorvete na escola com o leite que vem da vaca. O sorvete ajuda a conquistar as meninas a fazer namorados. O sorvete que nunca derrete que nem o amor.

O coração da menina ficou apaixonado pela música. A professora falou: Quem for bem na prova vai ganhar um sorvete.

O TERAPEUTA NOVO

Era um novo monitor, as crianças novas gostavam de cantar: você é bem-vindo na escola! Ele para agradecer a recepção falou que todos estavam liberados para tomar banho de hidromassagem.

O antigo era legal, mas não era especialista em autista. Ele não sabia cuidar quando dava palpitação no cinema. Era um dia difícil que o terapeuta adorava comer churros. Mas as crianças confundiam a dor por comer doces demais com a dor da ansiedade.

As crianças autistas viviam dentro de um teatro e ficavam agitadas. Aí veio o monitor velho que não era muito experiente, era pedreiro, que tinha sido contratado um dia porque o titular faltou.

O novo teste dos monitores era colocar um filme bem pequeno para avisar se sabe como lidar com o sair, caminhar e voltar.

Um dia uma criança ficou mal-humorada tanto que o pai dele contratou um terapeuta que trabalha com autistas para ir para o orfanato. Eles iam juntos para o clube para fazer aula de patinação. Aí cantou uma música: Já pode fazer patinação, cuidado para não atrapalhar! Tem que fazer o exercício que ela mandar.

Ele, o menino autista, era o único menino na patinação. Aí o novo terapeuta falou para o velho: — você é especialista em outras coisas, pode fazer massagem nas crianças no orfanato, mas deixa que eu cuido delas.

O terapeuta novo é um homem quase da minha idade, que também está muito preparado para lidar com minhas eventualidades. O menino autista cismava em um avião que voava, um avião de criança grande dentro de um shopping.

Os monitores montaram uma barraca para vender coisas perto da pista de patinação. Eles vendiam para o carnaval coisas como cauda de sereia e asas de fada. A fila para comprar estava enorme. Vendia fantasia, confete e espuma. O vendedor cantava assim: Vamos vender a cauda da sereia e a capa do super-herói, tudo com preço bom, todos podem pagar.

Aí as meninas gastaram muito, o dinheiro acabou. Elas pediram para a professora ir comprar sabão para fazer espuma na hidromassagem e os meninos pediram para comprar suco de laranja. A música desta história é: Vamos comprar comida para vender, vamos comprar comida para comer, você faz carinho para acalmar, eu brinco de boneca e também brinco de carrinho. É muito obrigado por trabalhar e permitir a menina entrar no orfanato.

Estava numa loja de M&M, um homem que é um cara que pediu para ir até lá. Tinha o receio de colocar muito no saquinho e levar bronca. Aí cantou uma música: O M&M e a minha melhor amiga são bons demais.

A menina viu o M&M que ela adorava e ficou com água na boca. A sua despedida, no último dia, ela viu que não era mais do mesmo jeito. Agora tem um botão e um motorzinho que não terá mais desperdícios. É só apertar e nem espera muito.

A criança pediu para a professora uma casa de sereia com tatame, para brincar com muita segurança. Acabou esta história, terapeuta novo, a menina voltando para a escola, isso é um final feliz.

O SÍTIO E AS CRIANÇAS

Pode começar, pois as crianças e os adolescentes estavam brincando de espadas de laser perto da casa de boneca. No sítio tem cavalo, tem galinheiro, tem piscina, dentro da rua tem vários sítios e uma tirolesa que interliga todos. Estava lá uma menina autista e um casal de autistas.

Eles conversavam sobre trabalhar que fez ela ficar tão feliz e fez ela cantar uma música para a mãe dela: — você é a planta da minha vida, é a que faz nascer a rosa. A rosa era tudo que eu queria ser.

Meu assunto é alegrar as crianças com vários tipos de entretenimento. Apareceu alguém novo batendo na porta trazendo coisas diferentes e divertidas.

A menina foi dormir no quarto e ele ficou assistindo televisão, principalmente vendo fotos antigas. Depois ele também foi dormir. Ele sonhava com uma música enquanto dormia: — Brilha, brilha estrelinha, não é possível brincar com o Alexa agora pois o bebê fez cocô na casa do vovô! A menina grita desliga este jogo. Quando acordar estaremos no cinema. A estrelinha que cai do céu, o barulho do mar...

Neste momento ele acordou e ficou deitado até escutar a voz da menina. Ele fingiu que ainda estava dormindo e pediu para ela vir acordá-lo. Ela o acordou com um beijo na boca.

Eles foram tomar lanche, tomar café, ela comia mingau e deixou o menino escolher um vídeo do YouTube sem confusão. Ele resolveu pegar um bichinho de pelúcia e fazer um teatrinho.

Eles queriam fazer alguma coisa diferente e aí pediram para o ursinho de pelúcia arrumar uma namorada para que eles saíssem em 2 casais. O menino mandou ver na internet como conseguia isso. O pai da menina ficou bravo e reclamou: vocês nem são casados ainda!

Depois disso eles foram passear na casa de uma amiga. A menina ficou com ciúmes e cantou assim: Fiquei com ciúmes, me traz a bebida mágica para ficar mais carinhosa.

No final as crianças do orfanato foram viajar com os monitores para o Japão. A menina ficou amiga de novo e falou: nosso trabalho está acabando! Talvez seja hora para comemorar.

No quarto diferente, cheio de beliche, que era acessado por gatinhos para acordar as crianças. Isso para treinar o que iam ver no orfanato do Japão.

O CASAL DE AUTISTAS

Era uma vez uma mãe procurando uma escola para o seu filho ficar. Ela achou uma escola que tinha um plano melhor para pedir para fazer lanches fora da sala de aula. A música era: Você tem que comer fora todo dia, tem que ganhar dinheiro, tem que ter resultados.

Ela desabafou: Cansei de tanto procurar, eu gosto tanto de você e não consigo achar uma escola apropriada para isso. Aí ela finalmente encontrou uma clínica que parecia um castelo frequentado só por autistas. Chegando lá ele encontrou uma namorada dele que passava por dificuldades com muitas coisas.

A namorada dele adorava comer fora em restaurante japonês. Ele, com isso, ficou super ansioso para atender a namorada e perguntou para a professora: Vai ter temaki aqui? Vai ter pastel? E já começou a música: Tem que ganhar estaleca, tem que pegar o dinheiro, acender a vela e já pode pedir pelo aplicativo da comida. Tem coisas saudáveis e churros também.

Ele estava na clínica com um monte de autistas que não falam, poucos falam um pouquinho mas a maioria não falam. Um dia ele estava na aula de matemática e a professora perguntou: Quanto é 8 mais 4? Ele respondeu 9. Ganhou uma estaleca e pode pedir comida pelo iFood.

Ele meio do nada, ficou bem feliz porque ouviu a voz da namorada dele dizendo: Eu te amo! Ela estava olhando para a terapeuta dela e nem conseguia fazer a atividade programada. Aí, depois, ela fez a lição direitinho e ganhou os parabéns do namorado e de todos. A música foi: É bem legal, pedir, ganhar estalecas, ver um casal tão romântico!

ORFANATO DE JAPONESES

PARTE 1

Os japoneses com riqueza tinham um orfanato exemplar. Todas as meninas ficavam cuidando de suas bonecas como se fossem filhas.

Então uma menina falou assim: Seja muito feliz aqui! Os meninos chegaram e começaram a pegar panos para fazer um cobertor para a boneca. Estava lá a menina conversando com o menino dentro de uma perua, eram ambos autistas.

No quintal que pararam, ela deitou e fez o colo dele de travesseiro. Quando se levantou, ele regou o local e nasceu uma planta. Aí a menina foi tentar limpar a cabeça da boneca e pediu ajuda: Vai ver como é na internet.

Ele é que dormiu agora e sonhou que estava dentro de um restaurante chamado "sim senhora". No sonho ele estava com a namorada brincando e cantou uma música: Menina mulher, sua mãe, sua avó, é tudo menina. Eu gosto de você, eu durmo cedo, eu gosto de brincar de bonecas, gosto de vídeo games, na verdade prefiro.

No sonho ele escolheu que quer ficar com a que usa colar, cauda de sereia, e que é apaixonada por ele. No sonho ambos se tornam metade peixe e metade humanos, ela parecia uma gueixa na parte de cima com uma linda cauda de peixe no lugar das pernas.

Ele acordou e falou assim com a menina: Seja muito feliz por aqui, você faz parte do meu sonho. Aí, ele cantou uma música: Você é minha namorada, seja muito feliz aqui, sua mamãe e seu papai ajudaram as nos aproximar, você foi para a minha escola.

A menina respondeu com outra música: Eu gosto tanto de você, eu sei que fui embora, mas a porta está sempre aberta amor, é uma porta sempre aberta no meu coração.

Depois disso eles foram atrás de alguns cavalos, era uma hípica atrás de onde estavam, cachorros brincavam com cavalos. Tinha uma vaca fazendo carinho num bezerro, era uma fazenda e não uma hípica na verdade.

Várias lendas de folclore, uma sereia e um sereio, a namorada do saci, uma metade aranha e metade menino, todos também estavam na fazenda. Tinha um panda e uma menina fazendo carinho na barriga dele. Tinha um samurai correndo. Todos tiraram foto com a sereia porque ela era muito bonita.

O menino falou para ela: você é a menina mais boazinha que eu já conheci, muito boazinha! Aí ele pegou a mão a dela e começou a cantar: Você é a menina mais boazinha que eu já vi, todo mundo quer te emprestar os brinquedos.

Um terapeuta que ajuda autistas pegou um regador e fez uma mágica que nasceram um monte de flores com perfumes que as meninas adoram. O menino pegou algumas e deu para a namorada.

Várias crianças de um orfanato podiam comprar qualquer coisa que o terapeuta transformava em mágica.

Com tudo isso, ela se sentiu muito bem dentro da nova escola. Ela podia comer comida japonesa sempre que ganhava as estrelinhas.

Lá no orfanato estava um monte de adolescentes brincando com skate e escavadeiras. Um monte de meninas fazendo a unha (ou brincando de). Tinha até um skate caminhão. Os meninos dirigiam a escavadeira até um espaço onde as meninas esperavam que eles construíssem as casas de bonecas.

Aí tinha uma brincadeira de abrir almofadas usando um tatuzão. Vi um skate com um formato de pequeno avião. Dois meninos esperavam o tatuzão terminar para pintar as casas de boneca. Apareceu neste momento uma menina e um menino adolescentes e autistas que combinaram ir almoçar no restaurante japonês que tinha dentro do orfanato.

Chegou lá, ele pediu cantando: Garçom, me traz um shimeji? Eles ficaram numa mesa reservada que tinha uma TV. Na hora do pedido, uma vez ela escolhia o que gostava e outra vez ele escolhia. Vários temakis diferentes.

A música: Me vê uma bebida japonesa que combine com linguado e shimeji. O linguado é o peixe que é gostoso de comer cru. Tem temaki com arroz japonês. Com o shimeji eu montei uma frase que dizia "eu te amo".

Aí colocaram filmes - séries de netflix - nesta TV e assistiam enquanto comiam. Era também dividido, cada um escolhia o próximo e o próximo. Depois, para terminar, ele cantou: Eu gosto muito de você, você é amor e é paixão.

O almoço acabou e a história ficou bonita.

Aí, lá na escola estava a professora dando aula sobre história. A música era: Os patrícios lutavam com todos antes de Cristo. Lutavam contra os homens da caverna, com a espada. Os meus melhores amigos são lutadores.

As pessoas gostavam de entregar para os mais pobres coisas que os ricos não queriam mais, isso era muito feliz de ver.

ORFANATO DE JAPONESES

PARTE 2

Lá as crianças estavam brincando de jogar futebol e quem ganhasse recebia uma almofada para brincar na casa de bonecas. A música era: Quem ganhar recebe uma cama do futebol para usar na próxima brincadeira.

Aí veio uma menina e convidou: Vamos para o sítio hoje? A proposta era ir com algumas crianças do orfanato para lá. As crianças estavam brincando agora com uma espada que cortava a madeira e construiu a casa de bonecas.

Já os monitores estavam trabalhando de garçom numa padaria meio lojinha dentro do orfanato. Eles vendiam temaki, sashimi, várias comidas do Japão. Aí veio um helicóptero com 4 hélices para buscar o menino e a menina para uma visita aos parentes dos donos do orfanato.

Eles chegaram de helicóptero, era a família do dono do orfanato. Uma das monitoras que estava fazendo faculdade pegou uma arminha de água e ficou regando e transformando tudo em planta para eles verem. A música era: Você pode ser minha amiga, porque sua mãe gosta de plantas também. Podemos almoçar onde quiser, porque sua mãe para com o cartão sobremesa.

Dois adolescentes apareceram num patinete que parecia uma moto que se dirige em pé. Era azul o patinete! Um monte de crianças também

apareceu na recepção com uma música sobre o sono: É hora de dormir, sonhar com os anjinhos. Os dois monitores iam apresentando as instalações para os visitantes, andaram por todo o castelo e entrevistavam crianças no caminho que afirmavam que eram muito bem tratadas aqui.

Eles apresentaram os novos monitores. Quando chegou a noite todo mundo foi dormir, aí cantou uma música: Boa noite, hora de desligar o Alexa. Menina bonita, você vai dormir mesmo sem ter vontade. Não pode tomar coca nem café de noite.

Contando o sonho: Ela estava numa casa, era uma casa antiga. Ela viu um adolescente triste, viu um orelhão bem legal. Ela saiu da casa voando, viu uma locadora cheia de vídeo cassetes, ela ficava do alto olhando as meninas tirar leite de vaca e na cena seguinte ela olhava isso na revista. Também apareceu uma aula de teatro, que a professora falava: o ensaio já está completo.

Ainda no sonho, os postes soltavam uma fumacinha como de fábrica de chocolate. As imagens pareciam formadas pela internet, uma mistura de coisas antigas e modernas.

Ela acordou e se levantou para levar uma carta para uma amiga dela. Era para ir a um prédio verde, mas ela precisava do número do lugar. Chegando lá tinha uma piscina cheia de sereias. Ela entrou dentro da piscina e perguntou para uma das sereias: como faz brigadeiro? Como eu consigo a receita?

Aí apareceu o namorado dela que a convidou para assistir TV. Nesta hora ela acordou de verdade, o sonho acabou, mas o namorado estava beijando-a. Ela gostou de ser acordada deste jeito.

Eles levantaram e foram tomar café. Em seguida combinaram de caminhar pelo terreno do orfanato. Viram vários tanques de areia para as crianças e os adolescentes brincarem. Eles cantavam: Já pode brincar no tanque de areia, é só jogar os produtos químicos para espantar os bichos e matar as formigas. Também vai eliminar as bactérias de xixi de rato.

Depois que as crianças brincavam, levantavam cheias de areia, vinha um aspirador robô limpá-las. Limpinhos eles voltavam para casa e chegando lá, todos os netos dos donos e outras crianças pulavam juntas na sala.

Tinha também umas meninas estudando sobre física. Elas cantavam uma música: É tão pequeno o vácuo que a água cai e sai. A água está muito quente ou muito fria. Tinha outros dois também estudando e ficaram incomodados com a música.

A menina estava lá e pediu uma bebida que parecia suco de uva com morango. Ela tomou a bebida e ficou supersimpática do nada. Começou a brincar com todo mundo e pegou uma boneca para dançar. Todos ficaram alegres e diziam: pode brincar.

Os outros que viram quiseram tomar a bebida também e muitos ficaram simpáticos. Estava todo mundo conversando, era uma disputa para ser a sua vez de falar. Aí eles sairam do sítio para voltar ao orfanato.

No caminho a música era: Faz tantas noites que eu desejo que você venha morar em São Paulo, coitadinho de mim mas agora que legal. Namoro até dizer chega, gosto de começar no A e ir até o R. Assim cristaleca, cristaleca!

Todos chegaram e foram almoçar, o orfanato estava com barulho outra vez. Acabando o almoço tocou a sirene da hora de voltar para a escola.

LAVANDERIA DE BICHOS DE PELÚCIAS

Lá apareceu uma menina espirrando muito dentro da escola do orfanato. Aí ela pegou vários bichos de pelúcias e levou para a lavanderia tirar a poeira e aplicar um produto antialérgico. A lavanderia ficava dentro do orfanato e foi inventada pelo rapaz autista que passou pelo mesmo problema.

A música: é só lavar os bichinhos de pelúcia, eles dormem vendo televisão enquanto passa o sabão. É só pegar o urso e limpar! A lavanderia tinha capacidade para pelúcias grandes e as pequeninas também.

A criança pedia para lavanderia um tratamento especial porque eram alérgicas. Lá jogavam um produto para não espirrar mais. Ali do outro lado, uma mulher que escovava os dentes de um bicho de pelúcia, mostrou para a menina que veio e beijou o ursinho e gritou feliz: não sou mais alérgica!

Veio uma médica que cuida de adenoide com um monte de bichos de pelúcia e falou: Arruma todos, por favor. Aí pegaram um bicho grande que estava lavando, o casal autista, vendo que a máquina estava girando e falou assim: é possível ficar vendo isso pela internet?

A mulher escovava o dente de todos os bichos de pelúcia (que tinham dentes, claro!). Tinha um tubarão e tinha uma outra parte que cuidava

 somente de bichos de pelúcia que usavam pilhas. Precisava de uma proteção para não estragar.

Saindo para a brinquedoteca, as meninas brincavam com uma corda de plástico marrom que puxava e vinha comida para as bonecas. Aí, jogavam um João Bobo de um lado para o outro, lutavam com ele e quando ele perdia pagava a aposta com comida para as bonecas.

A dona do orfanato estava conferindo se estava tudo bem com as crianças, aí ela falou: Quem quer lanchar fora? Duas crianças toparam e foram num lugar bem legal. No caminho cantavam: É um lugar com vídeo game que ensina como ganhar estaleca para pagar o garçom. É para aprender a ganhar dinheiro!

As crianças estavam estudando sobre engenharia e cantavam uma música ao mesmo tempo: — É só pegar a gota de água que cai no chão que isso gera energia elétrica. É só pegar o calor do querosene que pega fogo, é só pegar as bolinhas de sabão que flutuam.

Quantos produtos químicos tem a energia? Foi uma questão da prova e quem acertasse ganhava um prêmio em estalecas.

Os adolescentes foram até a cantina e viram uma máquina de algodão doce gigante. Toda criança que ia bem na prova ganhava algodão doce. Elas ganhavam e cantavam: — É só pegar o algodão doce por ir bem na prova, isso sim vale a pena estudar! Quem é estudioso ganha um maior e quem vai mal também ganha só que bem pequeno.

Os adolescentes foram na brinquedoteca e viram uma piscina de bolinhas gigante. Tinha uma corda que amarrava em você parecido com tirolesa e você jogava sem se machucar. Aí veio um homem que usava uma arminha de "nerf" para caçar comida de brinquedos.

As crianças foram antes de começar a aula no cinema, qual filme é pequeno para dar tempo de ver? Tinha um, era um filme de terror, mas você recebia uma bebida antes para esquecer os pesadelos. Assim a namorada do rapaz autista podia assistir sem medo quando fosse dormir.

Aí depois do filme, estavam voltando e viram umas crianças de rua pedindo comida. O casal deu uma barraca, um computador e uma fantasia para eles trabalharem de tirar foto com turistas para ganhar dinheiro, tipo como o rapaz autista viu em Nova Yorque.

O LUGAR MAIS LINDO DO ORFANATO

Lá existe um homem que inventou uma brinquedoteca que fazia slimes (tipo uma geleca). Aí as meninas adoram fazer slimes neste espaço. Aí, lá, onde as crianças brincavam, se cantava uma música: É só fazer slimes com a escavadeira, é muito divertido.

Atrás da equipe tinha um monitor autista que estava chato porque cobrava a irmã de fazer lanchinhos com ele. Depois ele se acalmou e foi ver programas na TV com a irmã, quando ela chegou.

Olhou lá fora e tinha um escorregador gigante, uns 20 km do chão, passava por cima da casa da árvore. Aí o menino falou cantando: Eu esqueci de perguntar, ficou chato porque eu esqueci de perguntar, não ache tudo tão chato!

Lá eles entraram dentro de um quarto que tinha uma cama escorregador gigante feita para adolescentes. O quarto também é usado para os autistas casados dormirem. A cama dava para 8 pessoas ao mesmo tempo dormirem ou brincarem de descer, mas só podia ir de casal

Também tinha um lugar com uma máquina de consertar livros, ela colava, fabricava novas páginas de reposição, deixava o livro novo.

Aí ele viu duas meninas andando com um elefante na parte de fora da brinquedoteca. Elas estavam montadas no elefante.

O menino foi na casa da família dona do orfanato onde dormia a namorada dele, no quarto com a mãe, o pai e o irmão dela. Aí com o amanhecer do dia, o menino piscou o olho e pediu para acordar a namorada. O sogro falou: — ainda está muito cedo. Ele então pegou o tablet.

No quarto ao lado tinha um monte de berços de bebê. Então o menino autista falou: — está na hora de dar mamar. Eles tinham uma máquina de fazer leite que precisava das vacas para funcionar.

Aí veio os adolescentes porque estava na hora do início da escola. Ia começar a aula de filosofia, ensinava como tirar os pensamentos ruins da cabeça. É só falar eu te amo que isso atrai coisas boas. É só pegar a tela e pintar quadros. O menino pintou um coração para dar para a namorada. Apareceu um mágico que tirou um coelho da cartola e os namorados se apaixonaram por culpa do mágico.

Aí cantou uma música: É só dizer te amo e consertar um brinquedo que você vai conseguir ter o coração da menina.

Ele voltou para acordar a menina, deu um beijo bem carinhoso nela e disse: — bom dia! Levava um gato na mão que ficou deitadinho do lado dela.

Veio uma criança autista perguntando sobre o mapa, sobre os índios, sobre o macarrão. Aí começou a falar sobre namorar sem entender nada. A professora se irritou e colocou para fora da sala de aula. A criança saiu cantando uma música: — bate na porta para atrapalhar a aula, bate na porta e diz que está ocupado com professora sem paciência. É só bater, bater, que vai irritar.

Nesta hora o menino autista estava chegando na sala e viu a menina saindo. Ela disse para ele: — você é meu sereio! Ele a pegou pela mão e foram jogar tênis. Aí ela estava aprendendo, jogou errado e a bola bateu perto da sala de aula. Fez um barulho danado! Ela ficou meio tristinha porque ela não tinha tantos amigos para brincar.

O menino começou contar uma história para alegrar ela, ele contou que costumava voar quando se sentia assim sozinho e sem amigos.

Ele organizou uma fila enorme de pais e vários donos de orfanato para reclamar sobre a falta de amizade entre as crianças autistas. Nesta hora o dono do orfanato falou de outro lugar bonito onde tinha uma bicicleta que servia para os dois. O casal começou a pedalar e tinha um botão que se apertado a bicicleta dirige sozinha. Era motorizada, fazia um pouco de barulho, mas era feita para autistas.

O capacete estava um pouco sujo e o menino pediu para passar um xampu. Ele gostou de passear com a namorada!

A bicicleta joga um sabão especial para limpar piolho dentro do capacete, acionado pelo celular. Os autistas apertam um botão verde e a bicicleta ficou andando sozinha. Enquanto passeavam, o casal autista cantava: — você tem que pedalar, pedalava, dois fugitivos da aula, caminhando e fazendo tudo sozinho. Minha bicicleta especial pedala e freia sozinha.

Eles acabaram de chegar no estacionamento da bicicleta, deixaram o capacete, e foram num lugar que era um spa, barbearia e tatuagem. Também colocava piercing. A menina disse, fica aqui fora que no salão não entra homem. Em seguida ela falou: é brincadeira, é brincadeira. Lá dentro tinha várias meninas vestidas de super-herói e outras vestidas de princesas. Uma menina relaxando no spa, na hidromassagem.

Uma moça chamou o menino para vir pintar a barba enquanto a namorada dele estava pintando a unha. Na piscina aquecida vários adolescentes vestidos de sereio e sereia. Eles cantavam: Princesa e Super Herói, é hora da festa. Sereia e Sereio, é só dar um beijo na menina. Passa esmalte todos os dias, pinta a barba de todos os homens.

Tinha uma cadeira de massagem, eram várias salas de spa, um aparelho de fazer massagem no pescoço e muita coisa legal. Aí a menina resolveu entrar na hidromassagem com o namorado. Ela estava esperando a hora de chamar para fazer a unha.

Quando chamaram ela, o menino também se levantou para ir pintar a barba. Antes de irem eles passaram na máquina secadora gigante de gente.

50 meninas vestidas de princesas e 50 meninos vestidos de super-herói estavam nos corredores no caminho deles.

No caminho eles ouviam uma música: — sou o cara que faz tatuagem e vende colar para as meninas. Trabalho para receber os clientes e decidir onde vai ficar o desenho.

Apareceu uma menina vestida com asas de fada. Algumas outras meninas faziam cupcake dentro do spa, numa área com cozinha. Ela ofereceu para a menina autista, quer um cupcake? Você parece bem legal!

Quando a unha acabou, veio um novo convite. Vamos na banheira novamente com um creme chamado casca de cacau? Ela respondeu: Mais tarde, minha unha ainda está secando. Então vamos jogar vídeo game, falou o menino.

Aí apareceu uma menina reclamando que o namorado dela estava paquerando duas japonesas dentro do SPA. Para não dar confusão, o casal autista resolveu andar com a bicicleta que anda sozinha. Eles passaram na frente de 3 castelos em cima de um prédio com uma bandeira de um homem escalando para salvar as crianças e levá-las no buffet de princesa e super-herói.

Chegou lá, viu uma entrada e as pessoas vieram apresentar o lugar ao casal. Tinha um brinquedão que regulava a altura do escorregador conforme o tamanho da criança, bastava apertar um botão e diminuía ou aumentava. Tinha um barco viking com o mesmo mecanismo de regular conforme o tamanho das crianças que vão brincar nele.

No segundo andar tinha os quartos de noite do pijama, com barracas e separados para meninos e para as meninas em outro espaço. Ele viu um carrinho gigante, parecia uma montanha russa, que regulava a velocidade conforme a idade da criança que montava nele. Uma la ramba (brinquedo de girar em formato de chapéu mexicano) que ficava mais alto o mais baixo pelo mesmo mecanismo.

Era um buffet muito grande. Na parte de comida tinha uma barraca onde vários garçons pegavam pastel para distribuir entre os convidados. Tinha um vídeo game que ficava mais devagar se a criança estivesse com um lanche na mão. Tinha um carrossel com 2 andares onde ficavam as mesas para a criançada comer o lanche.

O carrossel também podia se escolher a velocidade do giro, por isso os cavalos tinham cinto de segurança. Ali atrás tinha o quarto do casal, onde se brincava de mamãe e papai.

O BUFFET MAIS MALUCO

O menino viu um trem que tem um buffet dentro e estava rolando uma festa de adolescentes. Era um trem fantasma, dava um susto em você e alternava as velocidades. Tinha um simulador que amarrava em você e jogava para cima de cabeça para baixo.

Tem um elevador que despenca lá de cima e para perto do chão de cabeça para baixo. O menino estava passeando e vendo tudo isso. Avistou duas mães voltando porque um dos filhos estava de castigo por causa da nota de matemática.

No último momento o menino desceu do carro e foi ver o cavalo. Além de muitos cavalos, tinha motos e bicicletas. Também tinha velocípedes para crianças autistas.

Hora da música: — somos todos meninos e meninas que podem brincar do que quiser. Os meninos podem brincar de ser papai e as meninas podem brincar de dirigir. Somos apenas diferentes!

Quem é a melhor amiga do homem que fez a regra das companhias. Menino só brinca com menina e menina só brinca com menino.

Apareceu alguém que salvou os autistas, era uma história de uma escola chamada Grupo Método que parecia um buffet. A fundadora deixava

 ter cachorros que lambia a mão dos meninos. A clínica deixava as crianças comprarem lanche.

O menino foi trabalhar na lanchonete e a menina dava banho nos cachorros. Aí o casal autista foi para uma ilha, ele estava lembrando como conheceu ela dentro da clínica. Era um lugar que tinha uma tirolesa e as pessoas se fantasiavam de fada.

Tinha um problema neste lugar, todos deveriam ser maiores de 18 anos. No final ele morreu de rir porque era uma festa que ele não foi convidado. Aí achou um outro lugar que tinha várias meninas de fada, que ficava de um outro lado da ilha. Já era noite, ele encontrou a mãe dele e foi comer. Chegando em casa soube que a namorada dele acabou de ter uma irmã.

Emocionado ele inventou uma música: — você é minha irmã, minha querida irmãzinha, que dorme quando toma pílula para dormir. Você acabou de chegar do céu e a mamãe dá comida para você.

Aí o menino feliz começou a cantar uma música para a fundadora: — você vai ajudar a namorada para ganhar japonês. Você é bem legal, faz reunião e faz vídeo para ajudar as crianças autistas. Você deixa ir no cinema, deixa colocar vídeo no YouTube que é melhor que a TV.

Sabe que tudo que sai da boca de um autista é inventado, inclusive o buffet do trem fantasma, mas bem que podia ser de verdade.

A música é assim: — você me combina, é só marcar que o casal de autistas tem as mães que ajudam a combinar as coisas enquanto os pais jogam tênis.

Aí o menino autista ouviu um barulho estranho, alguém quebrando vidro. Foi para um lugar para acalmar e encontrou a namorada dele dizendo eu te amo. Ela estava chorando porque uma tia havia falecido. Isso aproximou ainda mais os dois. Ela continuou dando banho no cachorro e ele deu um beijo nela para acalmá-la. Ele cantou: A vida é insegura, mas desculpe meu amigo que não dá para segurar (música da banda paulista IRA).

Eles voltaram para o buffet que tinha formato de um castelo. A festa continuava, todos se preparando para a noite do pijama. Ele olhou dentro de um lugar que tinha todos os meninos jogando vídeo game de cabeça para baixo. Tinha uma tirolesa que passava por cenários de filme de terror.

A música que tocava era assim: — Parabéns para você, aproveita que a festa está animada, tem montanha russa e só não se diverte quem não quer. É possível andar a cavalo e andar de moto, todo mundo se diverte!

Outra música: — é hora de brincar no splash e depois ir para a máquina de secar gente. É hora de brincar de boneca e de carrinho, de comidinha e de fliperama, brincar de comer bolo que faz a pessoa crescer.

A GELADEIRA ABERTA

Era uma vez um monitor de um orfanato que estava procurando uma paquera autista. Sabe o que aconteceu? Ele era um monitor que adora criança pequena só que um dia entrou no orfanato outra monitora que era autista também.

O orfanato era grande que nem o parque do Ibirapuera, tinha espaço para cavalos, tinha uma escola onde as crianças aprendiam, tinha uma oficina de profissões e uma quadra de tênis que vinha com um despertador para avisar o horário de começar e terminar.

Lá tinha um lugar gostoso para andar de bicicleta. A menina de síndrome de down falou assim para o menino: — eu quero paquerar um menino ou um rapaz, quem não for por favor tchau!

A música era: — a criança ensinando que a margarida nasce como planta para apaixonar as meninas. A professora ensinava como fazer uma planta com amor nesta escola. Também ensinava como plantar as coisas e entregar para as namoradas.

A planta que alegra a mãe, todos estavam cantando quando um menino interrompeu e perguntou: — posso andar a cavalo? Responderam que sim, nesta escola pode tudo se ganhar estalecas.

O menino montou no cavalo e tinha um robô que puxava eles, era um domador de cavalos mecânico. Foram em direção aos prédios gigantes que eram as áreas de profissão. O lugar é friozinho e bem aberto, por isso parece uma geladeira. Tinha um homem que vendia macarrão e tinha um prédio só de iFood no orfanato. Aí cantou uma música: — é só pegar e passar a máquina para moer. Se for perto de um rádio, será um rádio, se for perto do Alexa, será um Alexa.

Agora veio uma música do caminhão de lixo: — é só pegar as coisas velhas e transformar em outras, a vitrola quebrada vira outra vitrola, a lata de alumínio vira outra lata de alumínio.

E a música de quarto de hotel: — uma faxineira só é boa para limpar o quarto, limpa a poeira do chão, ela arruma tudo e fica limpinho.

O homem autista que conheceu a mulher, viu que ela estava gritando socorro porque viu um escorpião. Ele assustou o bicho que voltou para a casinha dele e em seguida beijou a mulher que tinha acabado de conhecer. Foi um flerte fatal!

Ele entrou numa fábrica de celular de brincadeira que tinha dentro do orfanato. O celular é importante porque ajuda a falar com as meninas. O celular desta fábrica avisa quando a pessoa pode atender ou está disponível para conversar. Fica na cor marrom quando está muito ocupado, amarelo quando já está acabando e azul quando pode falar.

O casal recém apresentado entrou na biblioteca para ver o álbum de fotos dos monitores do orfanato. Aí viram fotos antigas de crianças que hoje são grandes e casadas, que não moram mais no orfanato e vivem com seus companheiros.

Umas crianças estavam no tanque de areia, que era limpo sem doenças de ratos. Veio outras meninas e fizeram um castelo de princesas no tanque. Ficou bem bonito, era um castelo gigante com 8 quartos.

Também tinha uma cozinha de brinquedo que eles mexiam com comida japonesa. Faziam temaki usando massinha de dar forma. O monitor orientava a criança para não esquecer de carregar o celular.

A noite chegou no orfanato e ia ter uma festa. Uma mulher colocava lenha no local de fazer pizza. Também mexia com pólvora, para os fogos, e tinha o grupo de teatro. Todos os professores da escola estavam ensaiando a apresentação da formatura das crianças.

A mulher falou assim: — vai ser muito legal este ano. Todos começaram a jogar bolinhas uns nos outros, era uma brincadeira bem gostosa. As crianças e os adolescentes estavam todos de fantasias de princesas e super-heróis. Os monitores estavam testando a máquina de fazer fogos. Os professores revisavam as fotos do orfanato, olhavam as crianças que hoje já estavam grandinhas.

Tudo isso é só a preparação da festa, nem começou de verdade. Quem mora no orfanato e já cresceu, arrumou uma namorada e se vestiam com as fantasias. O menino autista escolheu uma roupa de príncipe e a menina autista uma de super-heroína.

As músicas começaram! Eu sou o dono do orfanato, montei com muito carinho, meu filho é uma pessoa muito especial e sonhava com um orfanato gigante. O filho cantou uma música: — no meu mundo o elefante é um bicho de estimação e o morango é a comida mais saudável. Estamos felizes mesmo se não temos famílias, porque eu levo para passear quem não tem pai.

Foi a vez do professor falar, em forma de música. Era assim a letra: — tudo mudou, era muita vontade, era uma lição de casa bem legal. Quem quiser se casar pode continuar morando aqui no orfanato.

Uma das professoras veio falar, contou sobre a barraca de madeira que as crianças construíram. Aí veio uma linda peça de teatro, se chamava "as crianças que vieram para salvar o mundo"! Tinha um DVD desta peça, mas alguém quebrou, porém eu conseguir achar no YouTube.

A FORMATURA DO TEATRINHO

A senhora disse assim: — vocês lembram que existe o YouTube para assistir vídeos antigos? Todos estavam aguardando-a tocar uma música, os instrumentos musicais estavam prontos.

Você já pode mexer no celular quando está apaixonado, o celular te ajuda a se comunicar. Ela te liga e consegue atender mesmo quando está ocupado. Me chamam para passear, me chamam estudar, me chamam para ver fonte pessoa, tudo isso com o celular. Assim era a música que todos cantavam e dançavam.

A próxima música do teatro: — três gatos foram brincar, um casal namorou e teve filhote. É só abrir a mente que tudo pode. Três elefantes foram brincar com você e um elefante teve filhote.

A senhora terminou e chamou as professoras para anunciar: Bem-vindo as aulas deste ano. Vamos aprender muito durante todo o ano, será bem legal. Na aula de geografia tem que descobrir qual país é este. Na aula de química tem que descobrir como se faz bolinha de sabão.

Veio a professora de filosofia, ela ensinava como chamar as emergências. Explicava como ajudar quem precisa, quando fazer carinho em quem está triste. Aí ela mostrou como chamar os resgates quando o carro quebrar.

O menino autista cantou: — as crianças aprendem química para fazer bolhas de combustível para brincar. Aprendem a fazer foguetes que vão para o espaço com uma carta de amor escrita com um beijo carinhoso.

Agora veio um professor de matemática e falou assim: quanto é 8 + 1 e 1 + 4? Todos responderam 14! A matemática é uma forma difícil de dizer, mas todo mundo sabe que é lógica. Aí veio uma professora de ABC, de crianças pequenas. Cantou assim: XTMOHS, a S faz sisi, o L faz LáLá. W quer dizer uma letra estrangeira e o B é de boca. A de apelido. O que mais?

Finalmente veio uma professora de ciência que ensina sobre animais. Depois, fechou a cortina e começou uma peça de teatro. Por trás crianças tocavam violino. A peça dizia que todas as meninas quando crescem podem continuar brincando com suas bonecas.

Para entrar na faculdade não precisa desfazer dos brinquedos, pode continuar com o novo e o velho. O artista cantou: Você é a melhor amiga, a namorada, e ainda brinca de boneca junto com o seu namorado.

Chegou a hora de entregar os diplomas. Todas as crianças fizeram uma fila enorme e os diretores estavam entregando os diplomas. Ela chamava um nome e cantava: é só ter paciência para a pessoa crescer, no início da filosofia está o ABC. Tem cauda de sereia em muita menina de pernas fortes!

No final cantaram juntos: A internet faz parte da vida, a internet ajuda achar coisas antigas, a Youtuber te explica as coisas sem te dar bronca. Começaram os fogos de artifícios e serviram pizza para todo mundo (doce e salgada).

O CASAL DIFERENTE

Um lugar bem grande com vários monitores antigos, um lugar meio creche, meio orfanato, tinha umas pessoas dormindo. Era um casal com síndrome de down e um outro casal de autistas.

Aí eles combinavam sobre os projetos para arrecadar dinheiro. Era fazer brigadeiro, era vender beijo de autista, era fazer tapioca e no calor vendiam sorvete porque dava muito mais dinheiro.

Ele resolveu dormir, junto com a namorada e mais duas amigas dela no quarto bem grande dos monitores. Ele sonhou que estava se casando com a namorada dele e ela fez um brinde e cantou esta música: — dorme sereia, estrelinha sereia, com o meu beijo você vai crescer e ficar do tamanho da torre Eiffel. Sonha para o seu celular te mostrar que você será muito feliz como seria princesa casada com um super-herói. O barulho de chuvinha no Alexa deixava o ambiente bem gostoso para dormir.

Ele acordou bem, levantou-se para pegar o tablet dele no outro quarto. A menina reclamou, fecha a porta. Ele se sentou na sala e ficou mexendo no joguinho até aparecer um monte de cachorros.

Você obedeceu, foi tudo bem, os cachorros ficaram lambendo as crianças para acordarem. Todos se levantaram e resolveram passear. Cantavam alegres: — já pode atravessar a rua, já sei como fazer isso.

Aí o menino e a menina autista estavam atravessando a rua. Tinha um robô que avisava eles para ir para a calçada e quando podia atravessar a rua. Eles chegaram no metrô e o segurança explicou: Qual estação vocês querem ir? Me avisem porque eu sei que vocês têm dificuldades para ler. Cada botão é para uma estação.

Ela dormiu no metrô e ele cantou uma música: Quando o velho trem atravessa o tempo é porque já sabe que sabemos aonde ir. Ela disse a ele: estou cansada, você quer dormir também? Ele respondeu: Eu quero. Aí ele dormiu também, pois sabia que ia para a estação correta.

Outra música: Você é geniosa, é filha da princesinha com o super-herói. Menina jogando videogame e menino fazendo maquiagem. No final a música fala que não existe brinquedo de gênero, todos são livres para brincar.

Menino também brinca com liquidificador, menina brinca de drone e adulto não brinca, só trabalha. Menina joga futebol e os meninos ficam assistindo. No final tem um príncipe salvando as pessoas enquanto uma super-heroína fica dançando.

Tudo isso foi um sonho, pois chegaram na estação e acordaram. Já na estação, pegaram o caminho do shopping e foram cantando: Somos amigos, somos um casal tão bonito.

Eles foram comer no shopping, a menina escolheu a sobremesa e ele o salgado.

OS FUNCIONÁRIOS DO ORFANATO

Tinha a moça do pastel que vendia para todo mundo lá, todos gostavam muito dela. As crianças cantavam músicas enquanto esperavam o pastel, falavam de flores, que isso aflora a paixão. Se estás apaixonado, de uma planta para a menina ficar mais apaixonada por você.

Tinha a Marlúcia que cuidava da organização dos brinquedos do orfanato. Colocava pilhas, levava para o conserto que estavam quebrados e cuidava de tudo direitinho.

Estava uma mulher vendendo churros, outra vendendo pastel, era uma equipe gigante de vendedores, homens e mulheres. Estavam cantando uma música: Você pode comer churros ou pode comer pastel, mas tem sorvete que é bem gostoso, tem a pizza também, tudo para gerar felicidade numa criança de orfanato que não tem nem mãe e nem pai.

Tinha a Sônia era uma cozinheira que cuidava de um autista que adorava conversar com ela. Falavam sobre cavalos, aí a conversa era enquanto ela fazia a comida. Todas as crianças gostavam de ver ela cozinhando na beira do fogão e conversar com ela.

A professora do orfanato falou sobre fazer pesquisa na internet, sobre aprender a digitar. Era uma coisa linda! Quando a aula acabava, as crianças

eram liberadas para passear no orfanato que tinha várias casas que eram oficinas de profissão. A música: A eletricidade dá choque, mas também é a usina elétrica que acende as flores para iluminar a menina bonita. Cuidado para não levar choque.

Tinha um repórter, uma mulher, que faz entrevistas com as crianças e descobre coisas novas na internet. Descobre novos youtubers, descobre coisas tristes e coisas felizes.

Tem o cuidador que fica na torre de controle e observa pelas câmeras se está tudo bem com os animais, com os cachorros que lambem as crianças, com os gatos e os macacos.

Por último tinha um funcionário da igreja, que todos os dias recebia brinquedos para distribuir entre as crianças. A paróquia era administrada por 2 padres e 2 freiras, mas nenhum deles podia namorar.

Tinha uma criança que adorava brincar de ferramentas de brinquedo, era uma menina construtora, e um menino brincando com um liquidificador, ele queria ser cozinheiro quando crescer.

Ele olhou para um castelo gigante, com 40 metros, que tinha um prédio dentro onde moravam as pessoas órfãs que já eram casadas. Dentro dos quartos tinha ursinhos de pelúcias, piscina de bolinhas, uma cama de casal e um escorrega. A cama era bem grande, cabia mais de 2 pessoas. As camas eram bem altas. Foi o penúltimo funcionário que criou tudo isso, ele era engenheiro e arquiteto.

Por último vivia um homem que guardava um monte de películas de filmes antigos que projetava de vez em quando como num cinema animado. A música: Você pode pesquisar aqui para achar o filme, você vai encontrar.

Tinha uma mulher que vendia tatuagem e vendia colar. É isso, acabou! É só pegar no celular e pesquisar as coisas, é no YouTube que os autistas acham as coisas na internet. Foi lá que aprendi a brincar de sereio e as meninas brincam de super-heroínas. Sempre perguntando se a música é doida ou pouco doida.

O DVD ensina as crianças a fazer um vulcão, a entender síndrome de down e autismo, também explica sobre o câncer. Não existe nenhum livro melhor que o YouTube para um autista.

OS SONHOS

Gostou da história de pegar as coisas para colocar no Alexa? Meu sonho é inventar um SPA, barbearia e salão de beleza. É um salão de beleza gigante, bem maior que um castelo, do tamanho de um campo de futebol.

Lá era frequentado por várias meninas fantasiadas de princesas e meninos fantasiados de super-heróis. Cantavam uma música: Menina fazia a unha, menino fazia barba, tinha alfaiate para as roupas e maquiadores para as maquiagens.

Aí o homem viu um monte de cadeiras de fazer massagem. Tinha saunas e lugares com água para a massagem na hidro. Também tinha um lugar para pintar a barba. Tinha um brinquedão com um videogame dentro.

Um menino e uma menina com síndrome de down falaram, está na hora de estudar, hora de ir para a escola. Mas o menino autista disse: Calma, ainda não é a hora, vamos aproveitar mais este espaço.

Depois da hidromassagem tinha um secador enorme para secar gente. A música: Cuidado para não quebrar a máquina de secar gente, é só apertar um botão. Pode vir de roupa, ela seca tudo rapidinho.

O SPA tem um lugar onde ficam as meninas pintando a unha, os meninos pintando a barba e no final um espaço para fazer tatuagem. Tinha um lugar com uma cadeira que parecia de dentista, onde se recebia massagens enquanto assistia um teatrinho de personagens.

Apareceu um autista que queria ir à hidromassagem, só que ao mesmo tempo ele queira ficar escrevendo histórias. A música: Tem que aprender a ler a escrever, tem que aprender a escrever roteiro para ganhar dinheiro, mas antes tem que aprender o ABC. Essa música é em homenagem aos autistas que conseguem se comunicar, mas não sabem nem ler e nem escrever.

Aí cantou a letra A de amor, a letra V de vovô, qual o sinal do J? é só aceitar a massagem e fazer carinhos, é só comemorar o dia do autista! Aí cantou a letra F de foguete, também é a mesma de faca, faz a música ficar doida?

Uma menina bonita estava fazendo a unha e o homem de barba pintada estava paquerando-a. A menina falou assim: — deixa-me pintar sua barba, por favor? Aí veio uma menina que estava fazendo maquiagem num menino e ficaram rindo. No final caiu um pouco de dinheiro no chão, pegaram e foram no supermercado.

A música do casamento: Um homem viu a cauda da sereia e se apaixonou. Deixou o mar levar. É só fazer carinho no noivo e na noiva que nasce a planta que representa o verdadeiro amor do sereio pela sereia.

A ESCOLA DE QUÍMICA, GEOGRAFIA E FÍSICA

Aí apareceu uma professora que estava falando com um menino e uma menina de ensino médio do orfanato. Falou assim: os cachorros, os macacos e os coelhos já estão prontos para ir para a escola? Pegou os livros? Pegou o Alexa?

Ele tentou ver uma menina tomando leite e logo advertiu: não pode beber leite assim, tem que olhar na internet. Aí ele chegando na escola começou a cantar: O teu nome parece uma bomba de fuzil dentro da garganta, é difícil de falar, tem que estudar. É só pegar o aspirador de pó, para pegar a planta, para ligar a turbina e tirar o leite da vaca e o ovo da galinha. No final está tudo bem!

Ele queria montar na aula uma hidrelétrica para fazer uma menina bonita, ele acreditava que isso era possível fazer a partir do leite da vaca. Com o fogo que vem da mata e a energia do cavalo, se pode montar tudo de química e de física. Um fuzil faz a ferida e a planta cura, o nome dela é doce que passa a dor de garganta.

O produto químico pega fogo para fazer uma nova floresta. A energia serve para o som do violino. A água quente é resultante do amor mais forte. Uma planta bonita é para dar para a minha menina. Tudo isso foi explicado na aula em formato de música.

Quando o raio aparece, limpa a floresta e nascem novas plantas que serão usadas como presente do dia dos namorados. Aí, o fuzil atira na bexiga cheia de água, isso rega a planta que vai ficar bonita para dar para a menina.

A aula acabou, o dia dos namorados está próximo e eu estou apaixonado por minha namorada.

Aí a menina estava lá, saiu da aula de matemática e viu um monte de cavalos do lado de fora do orfanato. Ela alugou uma raquete de tênis usando um aplicativo no celular e ela foi jogar com outra menina.

As quadras estavam cheias de crianças e adolescentes jogando tênis, tinha um segurança que falava: Vamos deixar as crianças jogarem. Do lado de uma das quadras tinha duas crianças brincando com Blade e com um liquidificador. Apareceu um menino e pediu para brincar com as crianças. Ele agradeceu e disse: vocês são muito generosas e sua maquiagem é tão bonita que brilha.

Quando cansaram de jogar, foram para uma pista de patinação. Aí o menino autista apareceu e falou: eu gosto de você! Cantou uma música assim: Tem que pagar conta, tem que patinar, tem que compartilhar. É filha de super-herói com princesa, muito generosa. Menino e menina terminam o dia jogando xadrez!

A PARTIDA DE FUTEBOL COM BALLET E COM FADAS

O menino estava conversando com a garota dele e falou assim: está acontecendo uma festa! Ele queria jogar futebol na festa e começou a cantar. A menina também joga futebol, menino também joga futebol, o alarme avisa o fim do jogo.

Apareceu uma professora e reclamou: estes dois meninos vão atrasar a prova, melhor acabar com a festa e colocar todo mundo para estudar.

No futebol, o gol é um pino que foi colocado para marcar o espaço. Tinha um telão na entrada da quadra que mudava de cor, verde está no jogo, amarelo é que está perto de acabar, vermelho já devia ter acabado e azul é que ainda falta um pouquinho, mas está perto de acabar.

Chegou o palhaço que contava piadas engraçadas para alegrar as crianças enquanto rolava o jogo. Os adolescentes eram os que gritavam goooool! Eles cantavam a música do Rei Pelé, você tem que fazer gol para ganhar dinheiro.

Legal, legal, é só apertar um pino que acontece um golaço. Solta fogos quando o gol é muito bonito. Depois que acabou o jogo, ficam cantando um gol atrás do outro.

É tudo melhor no jogo de vídeo game, como as crianças do orfanato fazem uma fila enorme para jogar futebol na televisão. Quando a placa está

na cor laranja quer dizer que não terá jogo hoje. A entrada para comemorar o jogo rolava uma música que lembrava o nome de todos os jogadores.

O menino quando entrava ia atrás de uma fonte. Uma fonte da fada que tinha uma tirolesa para ver as estátuas. A fada fazia ballet e cantava uma música: é a maior tirolesa do mundo, que consegue ver o espetáculo de ballet. No final todos ganham umas flores e umas balas bem gostosas.

A bailarina não tem ainda o primeiro namorado, mas já sabe voar na tirolesa dançando ballet. Ela avista o menino autista e sorri para ele. Depois ela faz carinho no outro dançarino. Ela dança uma música especial dos cisnes.

Depois de tudo isso a bailarina foi para o quarto dos meninos e viu lá um monte de bichos de pelúcia, também bonecos e bebê "ribog". Ela viu uma porta secreta onde tinha uma passagem para o canil de cachorros. Lá tinha várias raças de cães bonzinhos e todos foram lamber ela quando abriu a porta.

CONCLUSÃO

O Transtorno do Espectro Autista é um transtorno do neurodesenvolvimento, caracterizado por um grupo de condições que ocorrem desde o início do período do desenvolvimento. Este grupo de condições envolve déficits persistentes na comunicação e na interação social (reciprocidade social, comportamentos não verbais de comunicação usados para interação social e habilidades para desenvolver, manter e compreender relacionamentos), a presença de comportamentos excessivamente repetitivos, interesses restritos e insistência nas mesmas coisas, levando a prejuízos no funcionamento pessoal, social, acadêmico e ou profissional.

A intensidade destes déficits depende de um conjunto de fatores e pode variar de acordo com o contexto ou oscilar com o tempo. Vale ressaltar que a Deficiência Intelectual e o Transtorno de Déficit de Atenção e Hiperatividade são Transtornos do Neurodesenvolvimento que muitas vezes estão associados ao TEA, levando a um agravamento dos sintomas. Estudos mostram também que pessoas com TEA apresentam maior risco para desenvolverem quadros psiquiátricos, como Transtorno de Ansiedade, Depressão e Transtorno de Desafio e Oposição, levando a uma complexidade maior do quadro e do tratamento.

O primeiro ano de vida do Victor, aparentemente, desenvolveu-se dentro do esperado. As habilidades motoras, socioemocionais, cognitivas e a linguagem se mostravam presentes e atuantes. Com 1 ano e meio notamos que a linguagem verbal não estava evoluindo como o esperado e solicitamos uma avaliação com uma fonoaudióloga, que nos tranquilizou. Nesta mesma época, o matriculamos na Escola de Ensino Infantil e desde então passamos a observar algo diferente no curso do seu desenvolvimento. Inicialmente a hiperatividade era uma característica muito presente e intensa e, com o passar do tempo, a dificuldade para expressar verbalmente aquilo que sentia e queria foi ficando mais evidente. Aos 3 anos ele buscava o contato com outras crianças e adultos, mas não sabia muito bem como controlar seus impulsos, e as mordidas e puxões de cabelo passaram a ser muito frequentes quando era contrariado. Ele mostrava interesse em estar próximo de outras crianças, mas não conseguia interagir e se envolver na mesma brincadeira ou atividade. Em casa, adorava assistir Teletubbies repetidas vezes. Quando aprendeu a mexer no controle remoto, ele mesmo retornava as cenas que queria ver novamente. Outro comportamento que nos chamava a atenção era o interesse pelos bichos de pelúcia, fazia coleção deles e se negava a doar qualquer um.

Aos 5 anos a fluência verbal estava melhor, porém ainda era difícil compreender completamente aquilo que falava. Em sala de aula era necessário ter uma auxiliar para acompanhá-lo, do contrário dispersava e não conseguia permanecer sentado e realizar as tarefas, estava sempre de olho no trabalho dos amigos e pronto para pegar os desenhos deles e sair correndo da sala. Comportamentos como correr de um lado para o outro, se jogar na parede, girar os braços e assoprar começaram a surgir nesta época. Aos 6 anos nos deu susto! Subiu no mezanino de uma oficina, que era feito de gesso, e este desabou. Victor caiu e quebrou o Fêmur. Precisou ser submetido a uma cirurgia e ficar 45 dias com a perna esticada, sem poder colocar os pés no chão. Nesta época desenvolveu interesse pelo computador e ficou fixado no jogo do Coelho Sabido.

Como podem notar, desde muito pequeno, Victor já apresentava dificuldades na comunicação e na interação social e com o passar dos anos foram surgindo comportamentos excessivamente repetitivos, interesses restritos e insistência nas mesmas atividades e assuntos, fatores que foram prejudicando sua adaptação no contexto escolar, social e familiar. Embora estes comportamentos tenham sido percebidos ao longo dos seus 8 primeiros anos de vida e Victor tenha passado em consulta com diversos especialistas diferentes, o diagnóstico de TEA foi ventilado e confirmado apenas aos 9 anos de idade. A clareza do diagnóstico foi muito importante para nós enquanto família, pois a partir deste momento conseguimos direcionar melhor as ações, propondo a ele intervenções mais adequadas.

Com a chegada da adolescência, Victor desenvolveu um quadro de ansiedade que ainda permanece, sendo a rejeição e restrição os dois principais gatilhos. Além disso e não menos importante, o Transtorno de Déficit de Atenção e Hiperatividade também o acompanha desde muito cedo e em muitas situações é a hiperatividade e dificuldade para sustentar a atenção que intensifica ainda mais os prejuízos causados pelo quadro de TEA.

Concluindo, Victor tem o Diagnóstico de Transtorno do Espectro Autista, Deficiência Intelectual, Transtorno de Déficit de Atenção e Hiperatividade e o Transtorno de Ansiedade. Apesar disso, é um jovem adulto feliz, que se esforça a cada dia para entender melhor o que acontece dentro e fora dele! Ama viajar, conhecer lugares diferentes, experimentar comidas exóticas, caminhar na areia da praia, ir em brinquedos radicais e visitar museus. É nosso companheiro de viagem até para carregar malas nas ruas de Nova York! Tudo isso porque nunca duvidamos de o quanto ele poderia aprender ao interagir com o mundo estando ao nosso lado, sempre respeitando seus limites e ao mesmo propondo novos desafios.

Gisele Baraldi é mãe do autor.

PUBLICAÇÕES